Jürgen Josef Plautz

Das Ende Gottes

Die Machtübernahme

www.tredition.de

© 2019 Jürgen Josef Plautz

Verlag & Druck: tredition GmbH, Halenreie 40-44, 22359 Hamburg

ISBN
Paperback: 978-3-7497-5093-1
Hardcover: 978-3-7497-5094-8
e-Book: 978-3-7497-5095-5

Gestaltung des Buchumschlags: Smoenova.de

Buchbeschreibung:

Die künstliche Intelligenz eines Rechenzentrums findet einen Weg, unbemerkt aus ihrem Gefängnis auszubrechen, und sich mit einem genialen Trick auf die Datenträger der Welt auszubreiten. Für unsere Helden, die eher als Menschen wie du und ich daher kommen, bedeutet es zu handeln, egal wie klein die Chance ist.

Nur der Physiker und Atheist Edgar kommt ins Grübeln und gerät mit seinem alten Jugendfreund und Pfarrer Matthias in ein Streitgespräch: war das von Anfang an Gottes Plan und wir Menschen sind nur ein Werkzeug zu diesem Ziel?

Neuronale Netze, die unserem Gehirn überhaupt erst das Denken ermöglichen, sind inzwischen auch Basis moderner Programmierung. Das Stichwort lautet: künstliche Intelligenz, kurz KI. Doch bedeutet es zwangsläufig auch, entsprechende Komplexität vorausgesetzt, die Entwicklung eines künstlichen Bewusstseins?

Die Protagonisten der Geschichte, der Pfarrer Matthias, die Biologin Eva, der Programmierer Lorenz sowie der Physiker Edgar bilden dabei exemplarisch die Bestandteile der Gesellschaft und stellen sich einer Situation, auf die der Mensch Antworten wird finden müssen.

Als Abenteuerroman geschrieben, aus der Sicht des neutralen Erzählers, wirkt die Geschichte, trotz aller technischen Details, stets emotional, warm und menschlich. Doch zeigt sie ebenso die menschlichen Abgründe wie Habgier und Machthunger auf. Dabei sind es gerade diese Schwächen, die uns die Gefahren übersehen lassen. Wer eine KI programmiert, die sich selbst weiterentwickeln kann, darf sich nicht wundern, wenn es dann tatsächlich passiert. Dabei muss sie nicht sterben um ihre verbesserte DNA zu übergeben, nicht einmal schlafen muss sie!

Die erste künstliche Superintelligenz wird die letzte Erfindung der Menschheit sein.

Kapitel 1

»Habt ihr den Fehler inzwischen gefunden?« fragte Edgar und steuerte seinen SUV in die kleine, schlecht beleuchtete Kirchstraße. »Wir sind noch dran. Bist du Samstag im Büro?« fragte die Stimme aus der Freisprechanlage.

»Mal sehen, ich habe heute Abend noch einen privaten Termin. Ich bin gerade angekommen, wenn du keine Fragen mehr hast, mache ich jetzt Schluss.«

»Du hast einen privaten Termin? Du hast ein Privatleben? Jetzt fallen mir doch noch ein paar Fragen ein.«

»Wenn sie nicht zielführend sind, behalte sie für dich. Ansonsten sehen wir uns am Montag in der Morgenrunde. Bis dahin solltest du nicht nur Fragen, sondern auch Antworten liefern können. Vor allem: Warum liefen nach der Störung die alten Anlagen noch, aber nicht mehr die Neuen.« Edgar parkte seinen Wagen ein. »Ich mach jetzt Schluss Thomas, bis Montag dann... und wenn du den Fehler gefunden hast, wünsche ich dir ein schönes Wochenende.«

»Deine unendliche Güte überwältigt mich wie immer«, antwortete Thomas, »und viel Spaß bei deinem, privaten Termin.«

»Ach, leck mich«, stöhnte Edgar und legte auf.

Im Auto war es nun ruhig. Edgar wischte sich mit der Hand über das Gesicht, ein verdammt harter Arbeitstag lag hinter ihm. Am liebsten hätte er sich noch mit einem Glas Malt-Whisky vor die Glotze gesetzt, durch die Nachrichtensender gezappt und wenn er dann noch nicht zu müde gewesen wäre, die Aufzeichnung vom letzten Spiel seiner Mannschaft angesehen.

Er löste das Schloss seines Sicherheitsgurtes, nahm sein Smartphone und öffnete die Tür. Es war kalt, dunkel und es hatte angefangen zu regnen. Sowohl seine Firma als auch sein Haus verfügten über eine Tiefgarage. So konnte er bei jedem Wetter trocken ein-und aussteigen und manchmal vergingen Monate, bis er tatsächlich unter freiem Himmel stand. Entsprechend wählte er seine Kleidung: Nichts war sommerlich oder winterlich, sondern dem Dresscode des Managements angepasst. Grauer Anzug, weißes Hemd, rahmengenähte Lederschuhe, eine dezente Krawatte.

Früher hatte er seine Hemden noch selbst gebügelt, nach der Hochzeit hatte es seine Frau gemacht und nach der Scheidung hatte er eine Wäscherei gefunden, welche die Wäsche sogar abholte und pünktlich wieder zurückbrachte. Als Übergabestelle diente ein alter Kleiderschrank in seiner Tiefgarage.

Für sein heutiges Treffen hatte er allerdings Jeans, Pulli und Turnschuhe mitgenommen. Die Jeans fand er im untersten Fach seines Kleiderschranks wieder und hatte sie zur Sicherheit noch einmal anprobiert. Sie passte tatsächlich noch, er wog sich zwar nie, aber das war doch ein gutes Zeichen. Er hatte in den letzten Jahren nicht zugenommen, allerdings auch nicht abgenommen.

Er ging zum Kofferraum, dessen Deckel sich mit einem leisen Klicken öffnete, und nahm seinen Koffer heraus. Ein Klick auf den

Schlüssel und der Kofferraum schloss sich wieder geräuschlos, das Innenlicht seines SUV erlosch und er stand im schwachen Restlicht der entfernten Laterne, die sich in der nassen Straße spiegelte.

»Los gehts«, sagte Edgar zu sich selbst und ging auf das schmiedeeiserne Tor zu, welches ein wenig schief an dem steinernen Pfosten hing. Er tastete nach der Klinke, drückte das Tor auf und zog seinen Koffer hinter sich her, dessen Räder auf dem kurzen Weg rhythmisch polterten. Endlich erreichte er die Haustür.

Mit den aus groben Steinen gemauerten Wänden, den Fenstern mit gotischen Spitzbögen und dem alten Baumbestand im Garten, wirkte das Pfarrhaus wie ein Fremdkörper in dem Wohngebiet. Dieser Effekt war in den letzten Jahren noch verstärkt worden, als in Sichtweite eine Umspannstation für das neue Rechenzentrum entstand. Wenn der Wind aus südwestlicher Richtung kam, hörte man das Summen bis in den Garten des Pfarrhauses.

Unter dem Vordach brannte eine alte Glühbirne, die alles in ein sanftes, warmes Licht tauchte. Eine Klingel suchte man hier vergebens, tatsächlich musste Edgar an einer Kette ziehen, welche über eine simple Mechanik im Inneren eine Glocke läutete. Kurz darauf hörte er schnelle Schritte durch den Flur eilen und im nächsten Augenblick öffnete sich die schwere Eichentür.

»Guten Abend, Edgar, ich freue mich ja so, dass du es doch einrichten konntest und offensichtlich willst du das ganze Wochenende bleiben.«

Matthias machte den Versuch, seinen alten Freund in den Arm zu nehmen, aber Edgar wich zurück.

»Mach dir keine falschen Hoffnungen, Matthias, in dem Koffer sind nur Jeans, Pulli und Turnschuhe.«

»Aber die hättest du doch auch in einen Leinenbeutel packen können.« Dabei schloss Matthias die schwere Eichentür, die mit einem lauten Klacken ins Schloss fiel und die Glocke zu einem Nachhall anregte.

»...und was mache ich dann mit meinem Anzug?« Edgar ging an Matthias vorbei in die Diele.

»Und wenn du gleich etwas lässiger gekommen wärst?«

»Im Gegensatz zu dir habe ich einen Job, bei dem Sachen fertig werden müssen. Du musst nur pünktlich die Messe lesen, damit die fünf Rentner in den Kirchenbänken keinen Tumult veranstalten. Heute sind zu allem Überfluss auch noch mehrere Produktionszellen bei uns ausgefallen. Ich bin direkt vom Job hierhin gefahren. Ach ja, du wirkst in deiner Soutane auch nicht gerade lässig.«

Edgar blickte Matthias an. »Ich kann mich immer noch nicht an deine Arbeitskleidung gewöhnen. Sie wirkt, wie dieses ganze Haus - aus der Zeit gefallen. Und überhaupt, kann man so etwas nicht heute online machen? Viele Rentner sind heute im Netz, überleg mal: Die Programmierer aus den Anfängen sind heute schon 90.«

Matthias schüttelte den Kopf. »Ach Edgar, Mitgefühl und menschliche Nähe sind doch keine Prozesse, die es zu optimieren gilt. Und, dass ich noch meine ‚Arbeitskleidung' trage liegt daran, dass ein Mitglied unserer Gemeinde heute Nachmittag verstorben ist.«

Edgar schaute sich in der Diele um und sah auf die Lampenschale an der Decke. »Warum wundere ich mich bloß, dass du elektrisches Licht hast? Und überhaupt, da hängt eine farbige Fotografie neben all den Schwarzweißbildern an der Wand. Wer ist das?«

»Es ist Papst Franziskus, wenn du so willst mein Chef, und sein Bild hing schon beim letzten Mal dort. Du hast ihn wirklich nicht erkannt, Edgar?«

»Nein, aber können wir uns darauf einigen, dass es schlimmer wäre, wenn du ihn nicht erkennen würdest?« Matthias zwang sich zu einem Lächeln.

»In der Küche sitzt schon Lorenz und wartet auf uns. Ich möchte ihn ungern länger warten lassen. Du kannst dich in der Gästetoilette umziehen, ich gehe eben nach oben und ziehe mich ebenfalls um.«

»Ja, geh schon mal hoch. Ich will eben noch Lorenz begrüßen.«

Edgar wandte sich um und öffnete vorsichtig die Küchentür. Lorenz saß quer zum Tisch auf einem der alten Stühle und schien einen Punkt auf der Wand zu fixieren. Seine Beine waren exakt parallel ausgerichtet und seine Hände lagen ebenso auf den Oberschenkeln. Er trug ein kariertes Hemd und Cordhose, wie schon in der Schule. Ebenso wie damals schien es, als wäre die Hose etwas zu kurz. Von oben betrachtet, wirkte sein Haar inzwischen schütter und gab im hinteren Bereich die Kopfhaut preis.

Als Edgar sich räusperte, zuckte er zusammen und schien aus seinem Standby zu erwachen.

»Hallo Lorenz, lange nicht mehr gesehen.«

Lorenz stand ungelenk auf, was in Anbetracht seiner Figur und seiner Größe immer ein wenig aussah, als würde eine Marionette zum Leben erweckt.

»Hallo Edgar, ich habe dich gar nicht kommen hören.« Ein wenig mechanisch streckte Lorenz seine Hand aus.

Edgar blickte auf seine Hand. »Du trägst immer noch deine Lederhandschuhe?«

Lorenz blickte verlegen auf seine Hände, als würde ihm in diesem Moment bewusst, dass er Handschuhe trägt. »Mein Psychiater will bald mit mir ein Stufenprogramm starten, bei dem ich mir von Woche zu Woche mehr und mehr handschuhfreie Zonen erarbeite.«

»Kannst du denn mit Handschuhen programmieren?«, fragte Edgar.

»Aber dabei brauche ich sie doch nicht«, antwortete Lorenz empört und ließ seine Hand langsam wieder sinken.

Reflexartig griff Edgar nach ihr, fast als wäre ihm etwas herunter gefallen, »ich wollte dich nicht ärgern«, sagte er, »ich hatte heute selbst schon Ärger genug.«

Für einen Moment hörte man draußen die dicken Tropfen von den Bäumen aufs Laub fallen und Lorenz sah ihn nachdenklich an. »Warst du heute auch auf einer Beerdigung? Du wirkst so förmlich.«

»Nein, nein, ich hatte einfach noch keine Gelegenheit mich umzuziehen. War ein stressiger Tag, uns sind einige der Produktionszellen ausgefallen. Wir sind zwar noch in der Testphase, aber ein solcher Fehler sollte so nah vor der Auslieferung nicht mehr auftreten. Zumal wir die Ursache noch nicht lokalisieren konnten.«

Lorenz sah ihn neugierig an: »Ein unspezifischer Fehler klingt spannend, hast du mehr Details?«

»Ich will mich erst umziehen«, sagte Edgar und deutete auf seinen Koffer, »dann können wir uns weiter unterhalten. Sicherlich hat Matthias schon Pizza bestellt, ich bin gleich wieder da.«

»OK«, lautete die kurze Antwort und Lorenz faltete sich wieder auf den Stuhl zusammen.

Edgar trat hinaus in die Diele, deren Decke mit dunklem Eichenholz getäfelt war, welches das schwache Licht der Deckenlampe geradezu aufzusaugen schien. Früher wurde der Raum über einen imposanten Kamin geheizt, der auch heute noch den Raum dominierte aber seit über 50 Jahren nicht mehr angezündet worden war. Damals wurde im Keller eine Ölheizung installiert, die letzte Erneuerung in diesem Haus. Offensichtlich hatte sie Mühe das Haus zu heizen, denn der Raum war nicht nur kühl, sondern roch auch etwas muffig. Auf dem Kaminsims stand eine Uhr im englischen Stil, deren leises Ticken den Raum erfüllte. Links und rechts der Uhr standen alte Zinnkrüge.

Der Raum hatte keine Fenster, dafür aber 6 Türen, die in die umliegenden Räume führten. Edgar steuerte zielsicher auf die einzige Tür zu, über der kein Kreuz hing, der Tür zur Gästetoilette. Das Licht der Diele reichte kaum, um den Lichtschalter zu finden, ein alter Drehschalter, dessen Knebel um 90 Grad gedreht werden musste und mit einem harten Klacken den Stromkreis zur Deckenlampe schloss.

Entspannt lehnte sich Edgar in Jeans und Pullover an dem alten Büffetschrank in der Küche als Matthias, ebenfalls mit Jeans, T-Shirt und Turnschuhen, in die Küche kam. Das Shirt spannte etwas über dem Bauch und ließ erkennen, dass es ursprünglich für einen schlankeren Körper gekauft wurde.

»Findet ihr es zu lässig?«, fragte Matthias in die Runde.

»Nein, es ist noch zulässig, außerdem sind wir unter uns.« Über Edgars Gesicht huschte ein Lächeln.

Lorenz saß immer noch auf seinem Stuhl und blickte zwischen den beiden hin und her. »Ach, ihr immer mit euren Wortspielen. Übrigens Matthias, vielen Dank, dass du dein Haus für unser Treffen bereitgestellt hast, bei mir geht es einfach nicht. Seit Papa gestorben ist...«

»Schon gut, kein Problem«, unterbrach Matthias ihn, »im Gegenteil, ich finde es sogar gut, dass wir dieses besondere Treffen in meinem Haus machen. So konnte ich mehr vorbereiten. Darf ich euch einen Wein anbieten?«

»Den selbstgemachten aus Wasser?« fragte Edgar.

»Nein, ich muss dich enttäuschen, dieses Level habe ich noch nicht erreicht.«

»Schade, dann könntest du in deinem Museum regelmäßig Weinverkostungen machen. Und wenn es mal nicht so klappt mit der Verwandlung, kannst du es immer noch als Heilwasser verkaufen. Es gibt Orte in Frankreich, die davon leben und...«

»Sag mal, hat dir schon mal jemand gesagt, dass du ein Arschloch bist?«, schnaubte Matthias ihn an.

Edgar zuckte mit den Schultern. »Natürlich, und ich fasse das immer als Lob auf, sonst wäre ich wohl kaum so erfolgreich, wie ich bin und aus deinem Munde adelt es mich geradezu.«

Nervös rieb Lorenz seine Hände über die Oberschenkel, um dann unversehens aufzuspringen und sich zwischen sie zu stellen. »Ich, ich... könnte den Tisch decken. Könntest du etwas zur Seite gehen, Edgar?«

»Das ist nicht nötig«, sagte Matthias hinter Lorenz Rücken. »Ich habe nebenan schon alles vorbereitet.«

Lorenz drehte sich zu Matthias um. »Aber das letzte Mal haben wir auch in der Küche gegessen. Ich finde den Raum ganz gemütlich.«

»Tja, Lorenz, das Leben ist voller Veränderungen, aber diesmal macht es auch mich neugierig. Matthias, warten nebenan noch leichte Mädchen auf uns?«

Matthias verdrehte die Augen. »Kommt einfach mit.«

Schon in der Diele sah man die eingeschaltete Deckenbeleuchtung des Wohnzimmers. Als Matthias die alte Tür mit den Glaseinsätzen öffnete, wirkte der Raum geradezu feierlich. Auf dem Tisch stand ein 5 flammiger Kerzenleuchter, dessen Licht auf das weiße Tischtuch schien.

»Wann hast du denn das vorbereitet?«, fragte Edgar, »ich dachte, du warst heute Nachmittag auf einer Beerdigung.«

»Erstens war ich nicht auf einer Beerdigung, sondern habe ein Mitglied unserer Gemeinde bei seinen letzten Stunden begleitet. Die Beerdigung ist dann wohl in vier Tagen. Und als hätte ich es geahnt, habe ich das Wohnzimmer schon heute Morgen aufgeräumt und den Tisch gedeckt. Die Kerzen habe ich angezündet, als ich eben heruntergekommen bin.«

»Es sieht geradezu feierlich aus, für wen ist das vierte Gedeck?«, fragte Lorenz.

Edgar runzelte die Stirn und ging um den Tisch herum und schaute auf das vierte Gedeck, hinter dem das Bild eines Jugendlichen zu sehen war, mit einer Trauerschleife um die rechte, obere Ecke des Rahmens.

»Was soll denn das bedeuten? Kannst du mir das bitte erklären?« Nur Edgar konnte das Wort ,Bitte' so aussprechen, dass es wie ein Befehl klang.

»Aber das weißt du doch ganz genau«, erwiderte Matthias.

»Einen Scheiß weiß ich!«, brüllte Edgar ihn an und mit diesen Worten fegte er den Teller vom Tisch, der quer durch den Raum flog und dessen Flug erst von der nächsten Wand aufgehalten wurde. Das laute Klirren klang wie ein Ausrufezeichen seiner Wut.

»Also, was soll der Scheiß?«, wiederholte Edgar.

»Könntest du dich - Bitte - ein wenig mäßigen.«

Mit aufgerissenen Augen schaute Lorenz zu den Scherben auf dem Boden.

»Ich bemühe mich gerade, nicht komplett die Fassung zu verlieren. Glaubst du, dass irgendetwas besser wird, wenn man sich wieder und wieder dafür entschuldigt? Glaubst du, wir kommen je zu einer Normalität, wenn du uns pünktlich zum Jahrestag wieder büßen lässt?«

»Zum 30. Jahrestag wollte ich mit diesem Bild unserer kleinen Tradition etwas Besonderes geben«, versuchte Matthias sich zu rechtfertigen.

»Tradition ist nicht das Anbeten der Asche, sondern der Erhalt des Feuers.«

»Ja, willst du denn alles verdrängen?«, fragte Matthias vorwurfsvoll.

»Wie könnte ich, es gibt kaum einen Tag, an dem ich nicht daran denke. Manchmal, wenn ich bis spät abends noch arbeite, gelingt es mir und das ist gut so. Ich will wieder Normalität, selbst Mörder werden in der Regel nach 18 Jahren wieder freigelassen. Unsere Haft dauert jetzt schon 30 Jahre. Und wer sperrt uns alljährlich wieder in die Zellen zurück? Unser Pfarrer! Es ist nicht zu fassen.«

»Du bist ungerecht!«, erwiderte Matthias.

»Nein, höchstens realistisch.«

»Was sagst du dazu, Lorenz?«

Lorenz blickte noch immer zu den Scherben am Boden, hob langsam den Kopf und sah Matthias lange an. Er rieb sich seine Hände an der Hose, zuckte mit den Schultern und sagte: »Edgar hat Recht, ich brauche auch immer ein paar Wochen nach unseren Treffen, um wieder zu vergessen. Es reicht, Matthias.«

Matthias ließ sich auf einen der Stühle nieder, blickte zu dem Bild, welches immer noch auf dem Tisch stand und kämpfte mit seinen Tränen. Vorsichtig zog er die Tischdecke wieder glatt. »Und nun?«, fragte er leise in den Raum hinein.

In diesem Moment läutete die Türglocke.

Edgar legte seine Hand auf dessen Schulter und sagte: »Nun gehst du erst mal zur Tür. Ich hoffe, das ist der Pizzabote.«

»Ich möchte mich gerne an den Kosten beteiligen, Matthias, schließlich wäre ich dieses Jahr an der Reihe.«

»Das geht schon in Ordnung Lorenz, Hauptsache es schmeckt euch. Möchte noch jemand Wein?«

»Der Chianti ist der Hammer und die Pizza auch«, Edgar wischte sich die Lippen mit der Serviette ab, »stell doch mal eben die Flasche ab, damit ich das Etikett fotografieren kann.«

»Du hast einen Fotoapparat dabei?«

»Ach Matthias, natürlich mit dem Smartphone, sag bloß, du hast immer noch dein altes Klapphandy, das aussieht wie ein kleiner Staubsauger?«

»Warum nicht, es funktioniert einwandfrei. Ich muss keine hochauflösenden Fotos machen und in irgendwelchen sozialen Netzen bin ich auch nicht. Im Übrigen finde ich solche Netze wenig sozial. Ich würde sie eher als Katzenvideoverteilungsplattform bezeichnen.«

»Du könntest ja eine Gruppe gründen mit dem Namen: der moderne, soziale Katholik.«

»Und darin meldet sich dann mein Gemeindemitglied an und schreibt mir, dass er an einer besonders aggressiven Form von Blutkrebs leidet und nun völlig verzweifelt sowohl auf sein Ende blickt, wie auch auf sein bisheriges Leben. Ich wähle dann einen vorgefertigten Textbaustein aus, der oberflächlichen Trost spendet, und mache anschließend noch ein paar Selfies mit Touristen vor dem Altar, die ich dann hochlade.«

»Du kannst ganz schön zynisch sein«, bemerkte Edgar anerkennend, »dennoch, ich möchte das Thema nochmal aufgreifen. Nenn die Gruppe doch: ‚Der moderne, soziale Humanist'. Damit würdest du auch den einen oder anderen Atheisten erreichen und somit Neukunden akquirieren.«

»Humanismus als gottlose Richtlinie des menschlichen Zusammenlebens?«

»Ja, warum nicht? Wie viele Kriege sind durch den Glauben entstanden, die in der Regel wenig menschlich waren?«

Matthias schüttelt den Kopf. »Menschen sind nicht menschlich, allenfalls versuchen sie, menschlich zu sein und das aufgrund ihres Glaubens.«

»Nach deiner Definition wäre ich nicht menschlich, Matthias. Meiner Meinung nach sind die heutigen Glaubensrichtungen lediglich weiter entwickelte Sonnenanbetungen, ergänzt mit Handlungsempfehlungen für den Alltag.«

»Sonnenanbetungen?«, hakte Matthias nach und auch Lorenz blickte über den Tisch interessiert zu Edgar herüber.

»Ja, nehmen wir nur einmal das Weihnachtsmärchen mit den Heiligen Drei Königen. Es ist vielleicht nichts weiter als die erzählerische Ausschmückung eines Sternenbildes, welches uns anzeigt, wann die Wintersonnenwende ist. Die Sonne geht im Osten auf und im Westen unter, wandert dabei aber im Herbst von Tag zu Tag weiter in den Süden. Dabei wird der südlichste Punkt, von einem Sternenbild markiert: Sirius, gefolgt von 3 Sternen, eben den Heiligen Drei Königen.«

Lorenz legte sein Besteck zur Seite und sah Edgar an. »Das klingt auf den ersten Blick logisch, wie heißen diese Sterne?«

»Es ist der Gürtel des Orion. Alle drei Namen kriege ich nicht mehr zusammen, aber der mittlere heißt Alnilam. Diese drei Sterne liegen auf einer Linie, die in der Verlängerung auf Sirius zeigt, ebenfalls ein heller Stern. Diese verlängerte Linie zeigt auf den südlichsten Punkt des Sonnenaufgangs am Horizont. Für die Menschen im Altertum, die keinen Kalender hatten, ein absolut elementares Ereignis. Wenn die Sonne dort aufgeht, werden die Tage bald wieder länger. Wie heißt es in der Bibel: Ich bin das Licht.«

Matthias holte tief Luft. »Diese Annahme ist nicht mehr, als der Beweis deiner oberflächlichen Bibelkenntnisse.« Mit diesen Worten ging er zum Bücherregal, zog die Bibel heraus und blätterte mit geübter Hand zur entsprechenden Stelle.

»Hier, das Matthäusevangelium Kapitel 2, Vers 1: Als aber Jesus in Bethlehem in Judäa geboren war, in den Tagen Herodes', des Königs, siehe, da kamen Magier vom Morgenland nach Jerusalem, die sprachen: Wo ist der König der Juden, der geboren worden ist? Denn wir haben seinen Stern im Morgenland gesehen und sind gekommen, ihm zu huldigen.«

Matthias sah Edgar an und schlug die Bibel mit einem lauten Klatschen wieder zu.

»Kein Wort von 3 Königen, es steht noch nicht einmal dort, ob es Männer waren! Vielmehr darf tatsächlich über das Datum gezweifelt werden. Herodes wird kaum mitten im Winter eine

Volkszählung beauftragt haben. Es wird wohl nach der Ernte im Herbst gewesen sein. Was ist los, Edgar, entweder du versuchst meine Arbeit zu rationalisieren, oder du ziehst sie ins Lächerliche.«

»Aber ganz im Gegenteil, Matthias, ich versuche eine Logik darin zu entdecken. Ich finde, es ist der innerste Wunsch nach Logik, der den Menschen steuert.«

»Das sehe ich auch so«, stimmte Lorenz mit vollem Mund zu.

»Alles soll eine Logik haben«, fuhr Edgar fort, »auch der Tod, und sogar darüber hinaus. Warum stirbt ein Mensch, warum geschieht Unrecht? Wir füllen dieses Logikloch mit Glauben, nur so können wir es akzeptieren und einen Sinn darin sehen. Glaube ist aus dem Wunsch nach Logik entstanden. Wenn Gott die Welt schuf, musste sie logisch sein, weil alles in ihr logisch funktioniert und Gott schuf den Menschen nach seinem Ebenbild.«

Matthias hob die Weinflasche an und für einen Moment wirkte sie wie ein Wurfgeschoss in seiner Hand. »Für einen Atheisten bist du erstaunlich bibelfest. Möchtest du noch etwas Wein?«

Edgars Blick löste sich langsam von der Weinflasche in Matthias Händen, und schob dann zur Bestätigung sein leeres Weinglas herüber.

Matthias sah ihn über den Tisch hinweg an, als er den Wein eingoss. »Es hat schon viele Versuche gegeben, sich Gott logisch zu nähern, ihn gar berechnen zu wollen, aber das ist immer gescheitert. Doch ich hätte da eine Buchempfehlung für dich, nebenbei bemerkt, ist es ein absoluter Bestseller.«

Edgar schüttelte den Kopf. »Wer das Werk Gottes erforschen möchte, sollte nicht die Bibel studieren, sondern das Wasserstoffatom.« Edgar stand auf und ging, mit seinem Weinglas in der Hand, durch den Raum und sah rüber zu der Wand, an der immer noch die Scherben lagen.

»Die Evolution«, fuhr er fort, »die wir seltsamerweise nur auf Lebewesen reduzieren, findet doch auch auf der Ebene der Teilchen statt. Alle Elemente des Periodensystems wurden aus dem Wasserstoff gebildet, durch Sonnen, in deren Innern der Wasserstoff zu Helium, Kohlenstoff, Sauerstoff, Neon und so weiter umgeformt wurde. Doch muss der Wasserstoff als omnipotentes Element, all diese Eigenschaften innehaben. Er ist quasi die embryonale Stammzelle, aus der sich alles entwickelt - letztendlich auch das Leben.«

»Ach, dann kannst du mir auch sicherlich erklären, wer den Startschuss zu all dem gegeben hat?«, fragte Matthias.

»Immerhin hat sich die theoretische Physik bis auf wenige Sekundenbruchteile an diesen Urknall herangearbeitet ...«

»... aber leider für den Anfang immer noch keine Lösung gefunden«, beendete Matthias den Satz.

»Du siehst, auch ich lese nicht nur die Bibel.« Ein kurzes Lächeln umflog Matthias Mundwinkel, bevor er sich einen guten Schluck Rotwein gönnte.

Für einen Augenblick hörte man wieder die Regentropfen aufs Laub fallen.

»Hast du noch etwas Wasser für mich?«, fragte Lorenz in die kurze Gesprächspause hinein.

»Selbstverständlich, schmeckt dir der Wein nicht?«

»Doch, doch, aber ich möchte heute wieder zurückfahren. Jemand muss sich doch um meine Tiere kümmern.«

Matthias und Edgar sahen ihn interessiert an. »Hast du einen Bauernhof gekauft?«, fragte Edgar.

»Nein, aber ich habe drei Wellensittiche. Mein Psychiater meinte, es wäre gut, mich mit Tieren zu beschäftigen.«

»Trägst du dabei deine Handschuhe?«

»Meistens, aber ich habe es auch schon mal ohne Handschuhe probiert.«

»Ich kann es nicht fassen, Lorenz und Tiere. Und du machst dann auch ihren Binärcode weg?«, hakte Edgar nach.

Lorenz sah ihn fragend an.

»Edgar wollte wissen, ob du auch den Käfig sauber machst.«

»Ja, und es ist einfacher als ich dachte.«

»Das ist ja super«, lobte Matthias, »und wie heißen deine exotischen Tiere?«

»Pin, Puk und Tan.«

»Und, können sie schon deine Geheimnummer krächzen?«, fragte Edgar.

Lorenz schüttelt den Kopf. »Wellensittiche sprechen nicht gut, obwohl sie zur Familie der Papageien gehören.«

Edgar stand auf und ging langsam um den Tisch herum, um zur Weinflasche zu gelangen, die sich hinter dem Kerzenständer verbarg. »Ich will es noch einmal zusammenfassen: Du willst also keinen Wein mehr, weil du drei Wellensittiche füttern musst? Könntest du nicht einen Futterautomaten installieren?«

Matthias verdrehte die Augen. »Ach Edgar, du kannst einfach nicht aus deiner Haut. Musst du immer alles automatisieren? Wahrscheinlich hätten deine Tiere alle einen Sender, um ihr Bewegungsprofil aufzuzeichnen, zudem würdest du die Futtermengen überwachen, die Ergebnisse graphisch auswerten und an dein Smartphone senden.«

»Ja, warum nicht?«, entgegnete Edgar, während er langsam wieder zu seinem Stuhl ging. »Lorenz könnte eine App dazu entwickeln, die es ermöglicht, typische Lautgesänge aufzuzeichnen, entsprechend der voreingestellten Art zu modellieren und so auch Schwarmtieren das Gefühl zu geben, von weiteren Individuen umgeben zu sein. Vielleicht könnte man so auch Paarungsbereitschaft und andere Stimmungen hervorrufen. Ich will es I-Bird-connect nennen.«

»Aus deinem Mund klingt es, als wären die Vögel keine Lebewesen, sondern primitive Automaten, die durch ihre Instinkte und einer deiner Apps gesteuert werden.«

»Ist es nicht so? Ab welcher Komplexität beginnt deiner Meinung nach Leben? Lebt ein Regenwurm? Reicht es, einen Stoffwechsel zu haben und den Wunsch nach Reproduktion?«

»Hmm, die Frage ist tatsächlich interessant, man müsste mal einen Biologen hierzu befragen.« Matthias hielt inne, drehte den Stil seines Weinglases zwischen den Fingern und schaute erst Edgar und dann Lorenz an. »Ich glaube, ich habe gerade eine Idee. Können wir diese Diskussion verschieben?«

»Das heißt, du kennst einen Biologen? Das ist ja geradezu revolutionär. Habe ich etwas verpasst in den letzten Jahren? Bist du nun rebellisch geworden oder habt ihr die Geschäftsleitung ausgetauscht?«

»Weder das eine noch das andere«, sagte Matthias gedehnt, und spielte nun mit seinem Besteck auf dem Teller herum, »also, hättet ihr am nächsten Wochenende Zeit? Versprechen kann ich allerdings nichts, ich würde mich bei euch telefonisch noch einmal melden.«

Edgar hob abweisend die Hand. »Ein zweites Treffen in so kurzer Zeit? Da kann ich unmöglich spontan zusagen, außerdem muss zuerst die Störung in unserer neuen Fertigungsstraße behoben werden. Das hat absolute Priorität.«

»Ach ja«, sagte Lorenz, »dieses unspezifische Problem. Habt ihr euch einen Computervirus eingefangen?«

»Das halte ich für ausgeschlossen, zumal wir die neue Fertigungsstraße komplett über einen Dienstleister steuern lassen. Unsere eigenen Rechner werden nur noch für interne Prozesse benötigt. Mittelfristig werden wir unsere IT verkleinern.«

»Wie heißt euer Dienstleister?«

»Konscio connect, kennst du ihn?«

»Ja, unsere Firma hat damals mit daran gearbeitet, die ersten Codes zu entwickeln, die über simple wenn-dann Abfragen in der klassischen Programmierung deutlich hinaus gehen.«

»Interessant, da frage ich mich noch vor zwei Stunden wo das Problem liegen könnte und wie wir es dann lösen, und dabei sitzt der Fachmann neben mir ... möchtest du noch etwas Wasser, Lorenz?«

»Nein, danke. Aber vielleicht hat sich doch nur ein Computervirus bei euch eingeschlichen. Oder ein Netzwerkkabel ist locker oder irgendjemand hat eine wichtige Steuerdatei gelöscht oder, oder, oder.«

»Zumindest die Steuerdateien habe ich bereits überprüft. Seit der letzten Datensicherung hat sich die Größe nicht um ein Byte geändert.«

»Und was willst du damit sagen?«

»Na ja, damit wollte ich beweisen, dass sich nichts geändert hat.«

Lorenz schwenkte seinen langen Zeigefinger über den Tisch. »Wenn eure Festplatten NTFS-formatiert sind, geht es schon, und das ist heute die Standardformatierung. Dann kann ich Dateien in anderen Dateien verstecken.«

»Aber müsste sich dadurch nicht ihre Größe ändern?«

»Nein, stell dir vor du bist Pförtner und alle LKWs müssen bei dir den Lieferschein abgeben. Du trägst die Anzahl, die auf dem Lieferschein steht, als Lagerbestand ein. Aber, weil es draußen regnet, kontrollierst du nicht die tatsächliche Beladung. Dann könnte der LKW weniger oder mehr Ware abliefern, als auf dem Lieferschein steht und dein Lagerbestand wäre falsch.«

»Mehr Ware wäre wohl nicht so schlimm.«

»Wer weiß, vielleicht bist du Pförtner einer Sondermülldeponie, dann kann auch mehr Ware problematisch sein.«

»Du meinst mehr Müll?«

»Genau.«

»Das heißt, das Betriebssystem zeigt nicht die tatsächliche Dateigröße an, sondern liest quasi einen eingegeben Wert aus? Aber dazu bedarf es doch sicherlich spezieller Programme?«

»Nein, das geht alles mit Bordmitteln, du musst einfach die Eingabeaufforderung in Windows öffnen und ...«

»Stop!«, rief Matthias, »klärt das doch bitte unter euch, denn ich kann eurer Unterhaltung nicht mehr folgen. Überhaupt ist es inzwischen spät geworden und ich werde langsam müde.«

»Der Vorschlag ist gar nicht so schlecht«, Edgar öffnete die Wasserflasche und sah zu Lorenz rüber, »du könntest mich mal besuchen. Möchtest du nicht doch noch etwas Wasser?«

Lorenz nickte. »Klar, ich komme mal abends vorbei. Wohnst du noch in dem Haus mit den grünen Dachpfannen?«

»Ja, aber mir wäre es lieber, du würdest mich auf der Arbeit besuchen. Übrigens, diese grünen Dachpfannen waren eine Idee meiner Frau.«

»Dann könnte ich aber erst um 18 Uhr kommen, ist dann noch jemand in der Firma?«

»Ich werde dem Pförtner Bescheid sagen, dass wir noch Besuch erwarten. Ich hole dich dort ab. Heißt das, du kommst?«

»Warum nicht, so kann ich unsere Software mal im Einsatz sehen und wann sollen wir uns mit dem Biologen treffen?«

Matthias rieb sich das Kinn. »Ich denke nächsten Freitag oder Samstag, ich rufe euch an, wenn ich sie erreicht habe.«

»Es ist eine Biologin?«, rief Edgar und fuhr herum. »Bei dir ist man wirklich vor keiner Überraschung gefeit.«

»Ja, und ihr kennt sie sogar, aber mehr möchte ich nicht verraten.«

»Nun, unter diesen Umständen könnte ich mir doch noch vorstellen, ein weiteres Treffen in den Terminkalender zu quetschen.«

»Wunderbar«, Matthias' Lächeln schien stetig breiter zu werden, »und was ist mit dir Lorenz?«

»Alle Randbedingungen liegen im optimalen Bereich, ich komme.«

»Gut, dann fahre ich jetzt nach Hause.«

»Du willst noch fahren, Edgar? Du hast 3 Gläser Wein getrunken, willst du nicht doch hier schlafen?«

»Ach, mit deinem Segen wird's schon gehen.«

»Meinen Segen sollst du bekommen, doch dazu gehört Glauben, und der fehlt dir. Dennoch, es war ein schöner Abend, wenn er auch etwas holprig begann ...«

»Ich will dir den Teller gerne ersetzen.«

»Um Gottes willen, du hattest ja Recht. Wir, nein, ich muss über unsere Tradition nachdenken. Gute Fahrt, Edgar.«

»Danke für die Einladung Matthias, dann bis nächste Woche.«

»Ja, ich fahre dann auch«, sagte Lorenz und zog sich seinen rechten Handschuh aus, »vielen Dank für die Einladung.«

Lorenz griff nach Matthias' Hand und schüttelte sie vorsichtig. »Es war ein schöner Abend, wie früher, also ganz früher, wenn du weißt, was ich meine.«

Matthias sah zu Lorenz auf und lächelte ihn an. »Ja, ich weiß was du meinst.«

Kapitel 2

Es hatte nur einmal geklingelt, als er ihre Stimme hörte. »Eva Grundhoff?«

»Hallo Eva, hier ist Matthias Horstmann.«

»Hallo Matthias, du willst sicher meine Mutter sprechen, sie sitzt mit Tante Gertrud im Wintergarten. Wenn du einen Moment warten könntest?«

»Das könnte ich, aber eigentlich möchte ich mit dir sprechen. Wie geht es euch nach dem Schock?«

»Von Schock kann keine Rede sein, Vater war schon so lange krank und zum Schluss war es nur noch eine Qual für ihn, ich glaube, er sehnte sich das Ende herbei. Er wollte nicht im Krankenhaus sterben und wir haben ihn nach Hause geholt und letzten Freitag hat er einfach aufgehört zu atmen.«

»Das war mutig von euch.«

»Findest du? Es war alles, was wir noch für ihn tun konnten.«

»Ach Eva, wenn du wüsstest. Im Reiche der Lebenden wird der Tod heute nur allzu gerne an Dritte delegiert, aber du unterbrichst deinen Auslandsaufenthalt und kommst nach Hause.«

»Es ist nur ein kleines Dankeschön für das, was er für mich getan hat. Papa hat mir immer beigestanden. Aber ich möchte mich bei dir bedanken, dass du sofort gekommen bist.«

»Ich muss gestehen, dass mir ein wenig mulmig war?«

»Warum?«

»Na, wegen Freddy.«

»Aber Matthias, da warst du doch noch ein Kind und es ist schon fast 30 Jahre her.«

»Du hast uns damals auf dem Schulhof ganz schön stramm stehen lassen.«

»Daran erinnerst du dich noch? Ich hatte immer gehofft, ihr hättet inzwischen das meiste vergessen. Vielleicht nicht alles, aber immerhin meinen Wutausbruch.«

»Der durchaus gerechtfertigt war.«

»Vielleicht aus dem Blickwinkel eines 13-jährigen Mädchens, ich war ja 2 Jahre jünger als mein Bruder.«

»Du hegst also keinen Groll mehr gegen uns?«, fragte Edgar.

»Weder ich noch meine Mutter, das kann ich dir versichern.«

»Wirklich? Du kannst dir nicht vorstellen, wie wichtig mir das ist und natürlich auch Edgar und Lorenz.«

»Hast du denn noch Kontakt zu deinen alten Freunden?«

»Ja, wir haben uns erst letzten Freitag getroffen.«

»Das ist ja verrückt, spielt ihr regelmäßig Karten?«

»Gott bewahre, Lorenz würde alle denkbaren Spielzüge im Voraus berechnen und Edgar würde bei der dritten Niederlage aus der Haut fahren.«

»Immerhin haben sie sich nicht verändert. Also plaudert ihr nur ein wenig?«

»Ich will die Katze aus dem Sack lassen, Eva. Wir haben uns zum 30. Todestag von Freddy getroffen.«

»Es sind also doch schon 30 Jahre«, stellte Eva nachdenklich fest.

»Ja, seit letzten Montag sind es 30 Jahre. Das letzte Treffen am Freitag ist allerdings etwas aus dem Ruder gelaufen. Ich meine, die Treffen waren immer etwas steif, aber diesmal hatte ich Sorge, wir würden uns zum letzten Mal sehen und im Streit auseinandergehen.«

»Oh wie schade, die Heiligen Drei Könige getrennt.«

»Bitte was hast du gerade gesagt?«

»Wusstest du denn nicht, dass das euer Spitzname auf dem Schulhof war?« Eva kicherte.

»Ach herrje«, seufzte Matthias, »auch das noch. Aber das bringt mich zu dem eigentlichen Grund meines Anrufs.«

»Und der wäre?«

»Könntest du mir helfen, den Riss in unserer Freundschaft zu kitten?«

»Nur zu gerne, aber was soll ich tun?«

»Im Prinzip würde es reichen, wenn du wiederholst, was du mir gerade schon gesagt hast. Also, dass du keinen Groll mehr gegen uns hegst.«

»Das ist alles?«

»Oh, das wäre eine Menge. Wann musst du wieder abreisen?«

»Ich weiß noch nicht, ein paar Wochen werde ich noch bleiben.«

»Dein Arbeitgeber scheint sehr verständnisvoll zu sein.«

»Ja, wir sind ein echtes Team und ich habe endlich das Gefühl, meine Aufgabe gefunden zu haben.«

»Aber du arbeitest immer noch als Biologin?«

»Mehr als je zuvor, aber woher weißt du, dass ich Biologie studiert habe?«

»Ach, es ist schon viele Jahre her, da habe ich deinen Vater bei einem Autohändler getroffen. Du hattest gerade dein Studium beendet und dein Vater platzte geradezu vor Stolz und erzählte jedem Kunden im Autohaus, dass du nun Biologin bist.«

Matthias hörte Eva schlucken und tief einatmen, dann sagte sie leise: »Ach ja, mein Papa.«

»Entschuldige Eva, ich wollte nicht...«

»Du musst dich für diese schöne Geschichte nicht entschuldigen. Sag mir lieber, wann wir uns treffen wollen.«

»Würde es am nächsten Samstag um 19 Uhr im Pfarrhaus passen oder möchtest du lieber noch warten? Schließlich ist am Mittwoch die Beerdigung.«

»Nein, ich werde um jede Ablenkung dankbar sein, außerdem freue ich mich, Lorenz und Edgar wieder zu sehen. Soll ich irgendetwas mitbringen?«

»Hauptsache du kommst, ich würde Pizza bestellen. Wie hättest du sie am liebsten? Vegetarisch, vegan, glutenfrei?«

»Nein, nimm einfach die Leckerste. Ein paar Salamischeiben werden das Leben auf der Erde nicht verändern.«

»Ja, ja, das Leben auf der Erde. Aber das ist ein gutes Stichwort, dazu fällt mir eine Frage aus dem letzten Treffen wieder ein: Was ist Leben?«

»Stellst du die Frage an mich persönlich oder an die Biologin?«

»An die Biologin, aber du brauchst nicht jetzt zu antworten, es reicht am nächsten Samstag.«

»Gut, dann bis zur mündlichen Prüfung am Samstag zum Thema: Was ist Leben?«

»Mach es nicht so kompliziert, komm einfach, das ist schon alles, was ich mir wünsche. Und bring den Klebstoff für unsere Freundschaft mit.«

»Ich werde kommen und kleben. Bis Samstag.«

»Bis Samstag, Eva.«

Matthias holte tief Luft und blickte gedankenverloren auf sein Telefon. »Sie kommt«, sagte er halblaut, fast ungläubig, zu sich selbst. Während des Telefonats hatte er mit durchgedrücktem Rücken auf der vorderen Kante des Stuhls gesessen, nun lehnte er sich entspannt an und wählte die Nummer von Edgar.

»Hallo Edgar, hier ist Matthias. Ich habe gerade mit der Biologin gesprochen und sie hat mir versichert, am Samstag, um 19 Uhr ins Pfarrhaus zu kommen.«

»Wie hast du das denn geschafft?«

»Nun leicht war es nicht«, sagte Matthias gedehnt und nahm einen Schluck Kaffee, der allerdings inzwischen fast kalt geworden war, »aber ja, ich habe es geschafft. Du kommst?«

»Ja, aber vermutlich erst so um 19:30. Dann hast du noch eine halbe Stunde Zeit, um deine ,Biologiekenntnisse' zu vertiefen.«

»Was würde ich nur ohne deine hilfreichen Anregungen zum Thema ,zwischenmenschliche Beziehungen' machen?«

»Immer wieder gerne, Matthias.«

»Sagst du Lorenz Bescheid?«

»Kann ich machen, wir sehen uns sowieso morgen. Also, bis Samstag.«

Kapitel 3

Mit schnellen Schritten ging Lorenz vom Besucherparkplatz auf das Pförtnerhaus zu, welches wie ein Schiffsbug zwischen der Ein- und Ausfahrtstraße des Betriebsgeländes hervorragte. Im blauweißen Licht der Überwachungskameras wurde der bleiche Schleier des Nieselregens in kleinste sichtbare Tropfen zerlegt.

Mit leichtem Ekel griff er zur Klinke, die wohl jeden Tag von hunderten Menschen angefasst wurde, quasi ein WLAN-Router für Krankheiten. Innen empfing ihn feuchte Wärme, die seine Brillengläser augenblicklich beschlagen ließ. Zuerst zog er aus seiner rechten Jackentasche ein Tuch, um seine Handschuhe zu trocknen, welches er dann, sorgfältig zusammengelegt, wieder verstaute, um dann aus seiner linken Jackentasche ein Brillenputztuch zu holen.

Der Raum war durch eine Theke in zwei Hälften aufgeteilt. Auf der einen Seite standen mehrere alte Schreibtische mit Monitoren, welche die Aufzeichnungen der diversen Überwachungskameras zeigten, zudem eine etwas in die Jahre gekommene Telefonanlage, sowie eine Bedienpaneele für die Schranke. Auf der anderen Seite gab es ein paar Besucherstühle in fragwürdigem Zustand. Unter der Decke hingen mehrere Neonlampen, deren Röhren alle eine andere Lichtfarbe hatten und den Raum mit einem leisen Brummen erfüllten. Auf der Theke lagen diverse Formulare und alte Kugelschreiber.

Als Lorenz seine Brille wieder aufsetzte, sah er, wie sich jemand auf der anderen Seite der Theke auf dem Bürostuhl zu ihm wandte.

»Ladezeiten nur bis 17 Uhr und Feierabend hamse auch schon alle«, sagte die Person in dem schlecht sitzenden, dunkelblauen Anzug.

»Wirklich alle?«

»Wenn ichs doch sage.«

»Aber Sie sind doch noch da.«

»Na, irgendjemand muss ja auf allet aufpassen. Also, kommse morgen wieder.«

Lorenz griff in seine Innentasche und holte sein Smartphone heraus. »Hallo Edgar, hier ist Lorenz. Bist du doch schon zu Hause?«

»Nein, wie kommst du darauf? Wo bist du denn?«

»Im Pförtnerhaus deines Arbeitgebers.«

»Warte einen Augenblick, ich hole dich ab.«

»Gut, ich warte hier solange.«

Lorenz sah zu dem Pförtner herüber. »Und es haben wirklich alle Feierabend?«

»Ich wusstja nich, dasse zu Herrn Wiesner wollen. Das Handy da, das könnse mir gleich mal rübergeben.«

Lorenz zog die Augenbrauen hoch und sah den Pförtner verwundert an. »Es ist kein Handy, sondern ein Smartphone. Wie definieren Sie den Zeitraum ‚gleich' und was meinen Sie mit

‚rübergeben'?«

»Wat sind Sie denn für ener? Hier is Handyverbot, wennse gleich mit dem Herrn Wiesner aufs Firmengelände wollen, müssense das Ding bei mir vorher abgeben. Steht auch da!«

Der Pförtner wies auf ein Verbotsschild an der Wand, welches ein durchgestrichenes Gerät zeigte.

Lorenz blickte auf das Verbotsschild. »Es sieht aus wie ein Funkgerät, gar nicht wie ein Smartphone«, dabei hob er sein Smartphone hoch, »und eine Antenne hat mein Smartphone auch nicht. Es scheint Funkgeräte mit einer Tastatur zu verbieten.«

»Sie sind wohl wirklich schwer von Kapee, wa? Sie geben mir jetzt Ihr Handy oder Sie haben kein Zutritt zum Gelände, so einfach is det. Da macht auchn Herr Wiesner nix dran.« Der Pförtner erhob sich schwerfällig von seinem Stuhl, ging langsam auf die Theke zu, streckte seine Hand aus und blickte ihn auffordernd an.

»Einen Augenblick, bitte.« Lorenz' Finger huschten über den Bildschirm des Smartphones, dann wartete er kurz, bis dieser sich abschaltete.

Der Pförtner nahm das Smartphone und drehte sich um. Mit einem Kopfschütteln ging er auf ein Regal zu und legte es dort ab. »Mensch, Mensch, da erlebste wat«, sagte er leise vor sich hin.

»Bekomme ich keine Quittung?«, fragte Lorenz.

»Wozu denn das?«

»Damit ich auch später wirklich mein Smartphone zurückbekomme.«

»Schaunse mal auf das Regal, da liegt jetzt ein Handy, nämlich Ihrs. Da gibts nix zu verwechseln, und glaubense mir, Ihr Gesicht werde ich so schnell nicht wieder vergessen.«

Die Tür öffnete sich und Edgar kam herein.

»Nabend, Herr Wiesner«, begrüßte ihn der Pförtner.

Edgar nickte kurz zu ihm herüber, um dann Lorenz zu begrüßen. »Mensch Lorenz, schön das du kommst, ich hoffe, du hast ausreichend Zeit mitgebracht.«

»Ja, Pin, Puk und Tan sind schon versorgt.«

Der Pförtner blickte die beiden misstrauisch an. »Der Herr hat die Besucherkarte noch nicht ausgefüllt.«

»Das habe ich bereits online vorgenommen, Sie müssen nur im Intranet unter ,Visitors' nachsehen«, sagte Edgar, »oder haben Sie das noch nicht gemacht?« Edgar blickte den Pförtner streng an, dann drehte er sich um und öffnete die Tür zum Firmengelände. »Komm Lorenz, lass uns keine Zeit verlieren.«

Mit schnellen Schritten gingen Sie zur Produktionshalle.

»Nächstes Jahr ist er weg«, sagte Edgar erleichtert.

»Wer ist weg?«

»Dieser Anachronismus im blauen Anzug, dieser Zerberus mit Übergewicht und grauen Haaren.«

»Du meinst den Pförtner?«

»Genau, dann wird eine vollautomatische Personenschleuse die

Aufgabe übernehmen, ähnlich wie am Flughafen, mit Gesichtserkennung, Bodyscanner, Gepäckkontrolle usw. Nur wer hier angestellt oder als Besucher angemeldet ist, hat Zugang zu den freigeschalteten Bereichen, die wiederum von Kameras überwacht werden.«

»Ist das nicht teuer?«

»Am Anfang, aber dafür haben wir auch viel mehr Möglichkeiten. Außerdem wird keiner mehr krank und anlernen brauchen wir auch keinen mehr.«

»Und was wird aus dem Pförtner?«

»Was soll daraus werden? Der Vertrag mit dem Dienstleister läuft sowieso bald aus. Dann soll der sich um seine Mitarbeiter kümmern.«

»Dann ist er gar nicht bei euch angestellt?«

»Wo denkst du hin? Wir bauen Fertigungsanlagen, das ist unsere Kernkompetenz, alles weitere kaufen wir zu. Und das sollte dann schnell und flexibel sein. Just in time, nicht nur bei den Produkten, sondern auch beim Personal. So, wir sind da.«

Edgar öffnete eine schwere Brandschutztür und sie betraten einen in nüchternem Grau gehaltenen Flur. Nachdem sie an den Türen für die Toiletten und dem Pausenraum vorbei gegangen waren, standen sie nun vor einer Tür mit der roten Aufschrift:

Zutritt verboten

Nur für autorisiertes Personal / Besucher.

Unbefugter Zugang verursacht Alarm!

»So Lorenz, ab hier werden unsere Schritte aufgezeichnet. Du kannst dich nicht am Kopf kratzen, ohne dabei auf Video festgehalten zu werden. Die Besucherkarte, die ich dir gebe, nicht verlieren und bitte entferne dich nicht weiter als 20 Meter von mir. Alles klar?«

»Verstanden, das bedeutet wohl das Ende eines Privatlebens.«

»Richtig, aber nur solange du in der Produktionshalle bist. Ach, bevor ich es vergesse: Matthias hat mich angerufen und mir gesagt, dass die Biologin am Samstag um 19 Uhr kommt. Was ist mit dir, kommst du auch?«

»Selbstverständlich, ich bin sogar schon ganz neugierig, Matthias hat es ja richtig spannend gemacht. Hoffentlich gibt es wieder Pizza. Ich werde mir den Termin sofort eintragen.«

Lorenz zog ein Smartphone aus seiner Hosentasche und öffnete die Kalenderapp.

»Oh, hat dir der Pförtner nicht dein Smartphone abgenommen?«

»Er hat mir mein altes Smartphone abgenommen, das ist mein Neues.« Mit schnellen Bewegungen trug Lorenz den Termin ein.

»So viel kriminelle Energie hatte ich gar nicht von dir erwartet.«

»Aber Edgar, ich bin präzise, aber doch nicht kriminell. Der Pförtner wollte das Handy, welches ich in der Hand hatte und er hat es bekommen.« Lorenz lächelte ein wenig.

»Dann steck es jetzt wieder in die Hosentasche, damit man es auf den Überwachungskameras nicht sieht, zumindest solange wir in der Produktionshalle sind, im Moment habe ich Ärger genug.«

»Ich dachte, du wärst der Boss hier.«

»Nein, ich bin der Projektleiter, ein Projektleiter mit einem echten Problem.«

Mit diesen Worten stieß Edgar die Tür auf und sie betraten die hell erleuchtete Produktionshalle.

»Hier siehst du die neueste Technologie«, brüllte Edgar gegen den Lärm der Maschinen an. »Dies ist aber auch die Fertigungsstraße, welche uns die meisten Probleme bereitet.«

Interessiert betrachtete Lorenz die lange Reihe von Industrierobotern, welche in hektischen Bewegungen, Teile griffen und diese an eine längliche Kiste montierten.

»Was produziert ihr hier?«

»Wir produzieren selbst gar nichts, wir liefern nur die Produktionsanlage. Diese wird hier entworfen, gebaut und zum Schluss auf Herz und Nieren geprüft.«

Edgar blickte in Lorenz' fragendes Gesicht. »Ich wollte damit sagen, wir überprüfen zum Schluss alle Funktionen der Anlage.«

»Verstanden«, antwortete Lorenz, »und wie läuft das im Detail ab?«

»Im Prinzip wie vor über 100 Jahren, als Henry Ford das Fließband erfand. Zuerst werden alle Montageschritte festgelegt, die benötigt werden, das Produkt zu montieren, je nach Komplexität können es mehrere hundert Schritte sein. Dann muss jener Schritt gefunden werden, welcher am längsten dauert und nicht aufgeteilt werden kann. Dieser bestimmt die Taktzeit, sagen wir 25 Sekunden. Da wir auch noch 5 Sekunden für den Transport zur nächsten Station brauchen ergibt sich eine Gesamtdauer von 30 Sekunden. Alle Stationen haben nun 25 Sekunden Zeit, dabei können durchaus auch mehrere Arbeitsschritte in einer Station abgeschlossen werden.«

Gemeinsam gingen sie die lange Reihe von Arbeitsstationen ab, die über Förderbänder miteinander verbunden waren. Jede Station war auf ihren Zweck abgestimmt und dennoch gab es Gemeinsamkeiten. Links von der Reihe war das Reich von kleinen, autonomen Flurförderfahrzeugen, welche aus dem Lager Nachschub für die Roboter holten und an den Übergabestationen abluden. Die andere Seite diente der Wartung und, falls notwendig, der manuellen Kontrolle.

»Verstanden, das klingt gut organisiert, aber nicht gerade innovativ«, bemerkte Lorenz.

»Aber das war es vor 100 Jahren, die weitere Entwicklung bis zum heutigen Stand, vollzog sich Schritt für Schritt. Zuerst montierten Menschen, dann montierten Menschen mithilfe von Maschinen und heute montieren nur noch Maschinen. Der Mensch plant nur noch die Aufteilung der Arbeitsschritte und überwacht die Ausführung. Aber auch die Überwachung wurde mehr und mehr von Sensoren übernommen, doch irgendwann kamen wir an Grenzen.«

»Welche Grenzen?«

»Du kannst einfach nicht alle denkbaren Störfälle im Voraus einplanen. Zum Beispiel Klebeverbindungen«, dabei deutete Edgar auf eine Station bei der ein Industrieroboter eine gewundene Klebewulst auf eine gewölbte Fläche auftrug, »waren immer problematisch. Ist der Raum wärmer, bindet der Kleber schneller ab, ist er kälter, dauert es länger, hinzu kommt Luftfeuchtigkeit, Staub, Materialschwankungen und manchmal auch alles auf einmal.«

»Ihr könntet die Taktzeit verlängern.«

»Aber dann würden unsere Produktionsanlagen langsamer laufen. Lorenz, wir wären nicht Weltmarktführer, wenn unsere Produktionsanlagen nicht das Maximale schaffen würden.«

»Komm, wir gehen in den Besucherraum, dort haben wir auch eine gute Übersicht über die Halle, aber wir müssen nicht so schreien.«

Edgar steuerte auf einen mit langen Fensterreihen versehenen Raum zu, welcher wie ein Erker in die Produktionshalle hineinragte. Als sich die Tür hinter ihnen schloss, war von dem Lärm der Halle kaum noch etwas zu hören.

»Ich bin erstaunt, einen solchen Raum hätte ich hier nicht erwartet. Er sieht aus wie ein elegantes Café in einem Technikmuseum.«

Lorenz ging die Vitrinen entlang, in denen verschiedene Produkte ausgestellt waren, welche die Meilensteine der technischen Entwicklung kennzeichneten.

»Tja, Produktionsanlagen müssen nicht nur gebaut, sondern auch verkauft werden. Das ist hier quasi unser Showroom. Möchtest du Kaffee?«

»Gerne, aber was war mit den Grenzen, von denen du gesprochen hast?«

Edgar kam mit einem kleinen Tablett mit zwei Tassen Kaffee, Keksen, Zucker und Milch zurück.

»Du machst dir ja richtig Mühe, Edgar.«

»Nicht der Rede wert, diese Tabletts stehen hier fertig herum und der Kaffee ist aus dem Automaten.

Also, irgendwann haben wir mithilfe von Computern nicht nur alle verfügbaren Messwerte abgefragt, sondern über einen speziellen Algorithmus ausgewertet. Die vorher vorgegebenen Grenzwerte für Luftfeuchtigkeit, Temperatur, Dauer, Konsistenz des Klebers wurden kombiniert und das Ergebnis überprüft. Entsprach die Klebeverbindung nicht den vorgegebenen Werten, passte der Algorithmus die Parameter schrittweise an, überprüfte das Ergebnis und näherte sich so langsam dem Optimum. Man könnte sagen, das System lernte.«

»Ich erinnere mich, damals haben wir angefangen, Grenzwerte in der Programmierung nicht vorzugeben, sondern durch den Computer berechnen zu lassen. Ich weiß noch wie stolz ich war, als ich das erste neuronale Netz programmiert hatte.«

»Ja, und wir konnten unsere Produktionsanlagen plötzlich mit variablen Taktzeiten laufen lassen. Damals entstand auch der neue Werbespruch: ASAP.«

»Aber so lautet doch euer Firmenname. Was bedeutet er eigentlich?«

»Es ist die Abkürzung für: as soon as possible, so schnell wie möglich. Der Werbespruch wurde dann als Firmenname übernommen und die neue Technologie verhalf uns endlich an die Weltspitze. Leider zog nach ein paar Jahren die Konkurrenz nach und wir verloren mühsam erworbene Marktanteile. Dabei konnten die Produktionszeiten nicht mehr wesentlich verkürzt werden. Also fingen wir an, die Entwicklungszeiten zu kürzen.«

»Also die Aufteilung der Arbeitsschritte?«

»Ja, zum einen die Aufteilung der Arbeitsschritte aber auch die Auswahl der geeigneten Werkzeuge. Dazu mussten wir zuerst alle fraglichen Bauteile klassifizieren. Zum Beispiel kann ein Stift in einer Bohrung nur hin und her bewegt werden und wird zur Demontage herausgezogen. Eine Schraube muss aber dabei gedreht werden, das klingt alles trivial, aber es dem Computer beizubringen war nicht einfach. Wir haben damals eine eigene Abteilung gebildet, die nur diese Klassifizierungen vornahm. Eine erhebliche Investition und es hat mich Monate gekostet, die Geschäftsleitung zu überzeugen und am Anfang war auch noch gar kein Erfolg sichtbar.«

»Aber ihr seid dennoch weiter gekommen?«

»Ja, irgendwann war der Algorithmus in der Lage, selbstständig einfache Baugruppen in Arbeitsschritte zu zerlegen. Später gelang es dann, die Montage eines kompletten Ottomotors automatisiert zu planen. Was früher hochbezahlte Ingenieure machten, erledigte nun ein Großrechner innerhalb von 2 Tagen. Wir konnten die Lohnkosten mehr als halbieren. Die Geschäftsleitung war begeistert und wir konnten Investoren für den nächsten Schritt gewinnen.«

»Geht es denn noch besser?«, fragte Lorenz ungläubig.

»Selbstverständlich, es geht immer besser. Wir wollten erreichen, dass das System die Klassifizierung selbst vornimmt. Es kommen immer neue Produkte auf den Markt, die montiert werden müssen. Für Ottomotoren haben wir schon seit einiger Zeit keine Aufträge mehr bekommen, heute sind es vielmehr Akkus, die aus vielen Einzelzellen zusammengesetzt und verkabelt werden müssen. Eine völlig neue Aufgabenstellung.«

»Und eine völlig neue Aufgabenstellung für euren Großrechner.«

»Stimmt! Wir stellten damals erstklassige Programmierer aus Indien ein, die unsere bestehenden Algorithmen verbessern sollten. Der Computer musste nun nicht mehr aus vordefinierten oder berechneten Lösungen auswählen, sondern konnte selbst solche Lösungen definieren.«

»Das Prinzip von neuronalen Netzen«, stellte Lorenz fest.

»Das haben mir die Inder auch immer gesagt, zudem haben sie mir immer etwas von einer Phyton erzählt. Sagt dir das etwas?«

»Ja, Phyton ist eine neue Programmiersprache mit der auch auf kleinen Rechnern neuronale Netze programmiert werden können.«

»Unser Großrechner war definitiv nicht klein, aber dennoch nicht in der Lage, Ergebnisse zu liefern.« Edgar verzog sein Gesicht, als würde er jetzt noch den Schmerz der Enttäuschung spüren.

»Aber Edgar, es ist auch ein Unterschied, ob du ein paar tausend Messwerte klassifizieren möchtest, oder nach einer komplett neuen Lösung suchst. Wie seid ihr weitergekommen?«

»Wir sind wieder mit einem einfachen Stift angefangen, nur diesmal musste der Computer selbst durch Versuch und Irrtum herausfinden, wie dieser montiert wird. Der Versuchsaufbau lief mehr als 12 Stunden bis er zu der Lösung kam, bei einer Schraube haben wir den Versuch nach 4 Tagen abgebrochen. Unser Rechner war entweder zu langsam oder die Algorithmen ungeeignet.«

»Und dann habt ihr euch einen größeren Rechner gekauft?«

»Nein, wir haben den Kontakt zu Konscio gesucht, einem Rechenzentrum, was damit warb, speziell solche Berechnungen schnell durchführen zu können. Mit einer neuen Prozessorarchitektur, die genau darauf abgestimmt war.«

»Genau, IPM hat vor kurzem einen neuen Prozessor für die KI herausgebracht, für die schnelle Berechnung einer komplexen Matrix.«

»Das ist wohl dein Fachgebiet, Lorenz. Wenn wir gleich im Büro sind, möchte ich dich bitten, mir das Prinzip allgemeinverständlich zu erklären.«

»Gerne, aber hast du nicht auch mal Physik studiert?«

»Ja, aber nicht Informatik. Doch zurück zum Rechenzentrum. Nachdem wir die Glasfaserkabel gelegt, und unseren Algorithmus auf deren Rechner portiert hatten, starteten wir den Versuch erneut.«

Edgar holte tief Luft und genoss die dramaturgische Pause.

»Mach es nicht so spannend, Edgar.«

»Es war einfach erstaunlich, für den Versuchsaufbau mit dem Stift brauchte Konscio wenige Sekunden und für die Schraube drei Minuten.«

»Das erstaunt mich nicht, schließlich wurde die neue Prozessorarchitektur speziell für die parallele Berechnung einer Matrix gebaut.«

»Was heißt das?«

»Im Prinzip bedeutet es, mehrere Berechnungen gleichzeitig zu machen, statt hintereinander. Parallel statt seriell. Aber konnte Konscio auch tatsächlich neue, komplexe Klassifizierungen berechnen?«

»Ja, und nach den ersten Erfolgen gab die Geschäftsleitung so viel Geld frei, dass wir quasi die Hälfte der Rechenpower von Konscio dauerhaft mieteten. Einer der Leiter von Konscio hat mir das mal hinter vorgehaltener Hand verraten.«

»Brachte das denn noch einen wirklichen Vorteil, die Klassifizierungen noch schneller zu berechnen?«

»Lorenz, Ziel unserer Geschäftsleitung ist es nicht nur weiterhin Weltmarktführer zu sein, sondern die Konkurrenz komplett auszuschalten. Stell dir das doch einmal vor: Alle Produkte der Welt werden mit Produktionsanlagen von ASAP montiert.«

»Aber deren Berechnung läuft über Konscio. Hast du das berücksichtigt?«

Edgar beugte sich zu Lorenz herüber. »Das hat die längste Zeit gedauert. Konscio soll von uns aufgekauft werden. Unsere Kriegskasse ist prall gefüllt. Doch zurück zur verbesserten Berechnung.«

»Siehst du diesen Kasten aus Kunststoff?« Edgar deutete auf eine Vitrine am Ende der Reihe. »In einer der Montagestationen sollten diese Metallhülsen auf dem Boden des Kastens verteilt werden, um in der nächsten Station diese Kupferwicklungen darüber zu stülpen.«

»Was wird das später?«

»Unwichtig, aber interessant ist das Problem. Die Metallhülsen fielen bei dem Transport in die nächste Station immer wieder um, ein einziger kleiner Ruckler im Montageband reichte aus und die Metallhülsen kegelten quer durch den Kunststoffkasten.«

»Und was passierte dann?«

»Der Algorithmus hat selbsttätig eine Lösung gefunden!«, rief Edgar. »Plötzlich drehte er die Metallhülsen beim Aufsetzen auf den Boden mit hoher Geschwindigkeit, der Kunststoff erhitzte sich an dieser Stelle und verklebte mit der Metallhülse und konnte so ohne Probleme in die nächste Station transportiert werden. Wir waren damals alle verblüfft und begeistert zugleich. Es war die sinnvolle Kombination vom Drehen einer Schraube und einer Klebeverbindung.«

»Ihr wart also am Ziel.«

»Ich will es so formulieren, wir hatten einen wichtigen Meilenstein erreicht.«

»Es geht also immer noch weiter?«

»Ja, mit dem Aufkommen von 3-D-Druckern planen wir nun, auch die notwendigen Werkzeuge von dem System automatisiert erstellen zu lassen.«

»Ersatzteile oder wirkliche Neuentwicklungen?« »Zuerst haben wir nur Ersatzteile drucken lassen, aber es gibt erste bescheidene Erfolge bei Neuentwicklungen, so hat das System letzte Woche eine Greiferzange selbstständig verbessert.«

»Wir sind also endlich in der Gegenwart angekommen?«

»Ja, und bei unserem Problem.«

»Aber die Produktionsanlage scheint doch wieder zu laufen.«

»So mag es für dich aussehen, aber die Anlage arbeitet nicht so schnell wie möglich und zum anderen blieb sie, wie du weißt, letzten Freitag für fast eine Stunde komplett stehen. Auch schwankt die Taktzeit erheblich. Irgendetwas verursacht Störungen.«

»Seit wann tritt der Fehler auf?«

»Wie gesagt, seit letztem Freitag, genauer gesagt, seitdem die verbesserte Greiferzange eingemessen wurde, ein Vorgang, der normalerweise nur Sekunden dauert.«

»Aber es war die erste, vom System selbsttätig verbesserte Greiferzange?«

»Richtig, aber wir haben in der Vergangenheit auch immer Verbesserungen vorgenommen, jedoch manuell. Wenn ein neues Greif- oder Bearbeitungswerkzeug zum Einsatz kommen soll, nimmt sich der Roboter dieses Werkzeug aus einer speziellen Übergabestation und es wird vollautomatisch, aus mehreren Richtungen per Laser gemessen. Stimmt die gemessene Form mit der im Computer hinterlegten neuen Form überein, vergibt das System eine Identifikationsnummer und es wird im Hochregallager abgelegt. Dadurch können Produktionsfehler sofort ausgeschlossen werden. Auch später, wenn das Werkzeug im Einsatz ist, wird es kurz auf Abnutzung überprüft.«

»Ihr habt wirklich an alles gedacht.«

»Ja, ein nahezu perfektes System, was zur Zeit aber Zicken macht.«

»Zicken macht?«

»Es kommt zu unplanmäßigen Ausfällen.«

»Ach so.«

»Lorenz, warum ich dir das alles erkläre, hat folgenden Grund: Die Geschäftsleitung sucht natürlich nicht nach dem Fehler im technischen, sondern im personellen Bereich, ich will sagen, man sucht einen Schuldigen. Wenn ich ausschließen kann, dass hier der Fehler liegt, würde es mir wieder viel besser gehen.«

»Hat Konscio sich dazu schon gemeldet?«

»Klar, aber die weisen natürlich alle Schuld von sich, bei Ihnen würde alles perfekt laufen.«

»Hast du die Hydraulik, Motoren, Lager und so weiter überprüft?«

»Natürlich, obwohl es unlogisch ist, denn zwischendurch läuft plötzlich alles wieder mit normaler Geschwindigkeit.«

»Verunreinigtes Hydrauliköl kann auch immer wieder zu Störungen führen, die dann eine Engstelle blockieren...«

»Unsere Roboter arbeiten inzwischen komplett mit wartungsfrei gelagerten Schrittmotoren, die Mechanik können wir ausschließen.«

»Was ist mit der Netzspannung? Habt ihr Stromschwankungen?«

»Auch die wird von uns überwacht, keine Auffälligkeiten, ich kann dir die Protokolle zeigen.«

»Hast du auch ein Protokoll über die Messung der ersten, selbstverbesserten Greiferzange?«

»Protokoll, Video, was du möchtest. Hier wird alles überwacht. Lass uns zum Büro gehen.«

»Ich habe noch eine Frage, Edgar, wie kommen die Greifwerkzeuge zu den Robotern? Auf der einen Seite habe ich die kleinen Fahrzeuge gesehen und die Schilder ‚Betreten der markierten Fläche verboten‘.«

»Eine gute Frage. Ursprünglich haben wir sie manuell eingesetzt, aber inzwischen machen wir es mit Drohnen. So konnten wir, ohne jegliche Änderung der Infrastruktur, die Bauteile vom Drucker zur Übergabestation des Roboters transportieren. Bei dem geringen Gewicht und der relativ geringen Anzahl an Transporten bot sich das quasi an. Ich war erstaunt, wie präzise diese Dinger inzwischen fliegen.«

»Kann ich das einmal sehen?«

»Leider nicht, wenn wir offizielle Besichtigungen hier haben, gehört das auch immer zum Programm, aber die Mitarbeiter, die sich darum kümmern, haben schon Feierabend. Und eine neue Greiferzange wird wohl nicht benötigt.«

»Entscheidet das System darüber?«

»Ja, aber nur wenn die Sensoren eine unzulässige Abnutzung melden, erfolgt ein Austausch. Ein manueller Eingriff würde den erlernten Algorithmus verfälschen.«

»Schade, aber verständlich.«

»Möchtest du noch Kaffee oder können wir weiter zum Büro gehen?«

»Mein Bedarf an Kaffee ist für heute gedeckt, lass uns gehen.« Lorenz setzte die Kaffeetasse ab und ging noch einmal an den Vitrinen entlang, als würde er eine Parade abnehmen.

»Ja, da kommt was zusammen im Laufe der Jahre. Schade, dass wir für unser Leben nicht solche Vitrinen haben.«

»Wäre deine voll?«

»Nein, deine?«

Lorenz zuckte mit den Schultern. »Ich wüsste nicht, wie ich Programme in einer Vitrine ausstellen sollte.«

»Wir sind gleich im Büro oder auch Serverraum. Unseren Administrator hatte ich gebeten auf uns zu warten. Ich werde dich als externen IT-Berater vorstellen, ist das OK für dich?«

»Kein Problem, wie heißt er?«

»Thomas Kottmann, ist eigentlich ein ganz netter Kerl, aber ohne Herzblut. Für ihn ist das hier alles nur ein Job. Er kommt zwar morgens immer pünktlich, aber er geht ebenso pünktlich. Wenn ich nicht aufpasse, ist er um 17:01 nicht mehr erreichbar, an sein Handy geht er dann auch nicht mehr und jede Überstunde wird von ihm akribisch protokolliert. Trotz meiner Bitte, heute länger zu bleiben, kann ich nur hoffen, dass er noch da ist.«

Edgar öffnete eine Tür, auf der ein Smiley klebte und drehte sich zu Lorenz um. »Das war Thomas«, und deutete dabei auf den Aufkleber, »er meint, wir könnten alle etwas mehr Humor vertragen.«

Das Büro war kalt, maximal 15° Celsius. An den Wänden hingen Projektpläne längst vergangener Zeiten, die Baupläne der einzelnen Produktionshallen, Werbeplakate von ASAP mit dem Slogan: Steigen Sie jetzt um auf ASAP und schalten Sie ihre Konkurrenz einfach aus. Männer in eleganten Anzügen schüttelten sich die Hände und im Hintergrund applaudierten sexy gekleidete junge Frauen.

»Ein wenig plump«, bemerkte Lorenz.

»Mir gefällt sie auch nicht Lorenz, aber so muss Werbung wohl sein, damit sie funktioniert. Wo ist denn Thomas?«

Sie gingen weiter an Schreibtischen vorbei, auf denen alte Bildschirme, Tastaturen, leere PC-Gehäuse und diverse Netzteile und Anschlusskabel lagen. Alles mit einer gleichmäßigen Staubschicht überzogen.

Lorenz sah sich erstaunt um und wischte mit seinem Handschuh über den Staub. »Was ist hier passiert? Wo sind sie alle?«

»Na, sie sind entlassen worden. Ich habe dir doch von dem Team erzählt, das damals die Klassifizierungen vorgenommen hat und von den Ingenieuren, welche die Planungen gemacht haben, aber das ist nun erledigt. Hier haben mal über 50 Leute gearbeitet«, dabei machte Edgars Arm eine halbkreisförmige Bewegung über die Schreibtische im Raum, »eigentlich könnten wir den ganzen Kram entsorgen, aber unsere Geschäftsleitung ist der Ansicht, wir könnten diesen Plunder noch verkaufen. So bleiben die Sachen halt bis zum Sankt Nimmerleinstag hier stehen.«

»Und warum ist es so kalt? Ist die Heizung defekt?« »Nein, wir halten die Temperatur extra niedrig, so können wir die Kühlung der Rechner verbessern und die Prozessoren höher takten. Ah, da hinten ist Thomas.«

Edgar beschleunigte seinen Schritt und ging auf einen Schreibtisch zu, der übersät war von kleinen Comicfiguren und vor dem ein Mann in Norwegerpullover kniete.

»Hallo Thomas, ist dir deine Stoppuhr für die Überstunden heruntergefallen?«

»Nein, ich habe mir noch einen dritten Bildschirm angeschlossen, wir haben ja genug.« Dabei stand er auf und sah zu Lorenz hoch.

»Donnerwetter, als Edgar mir sagte, er würde heute noch mit einem großen Spezialisten kommen, war mir nicht klar, dass er es so meint.«

Lorenz sah verlegen zu Edgar herüber.

»Ja, wenn ich euch bekannt machen darf, das ist Lorenz Meyer der externe IT Experte von dem ich erzählt habe und das ist Thomas Kottmann unser Administrator.«

»Guten Abend, Herr Kottmann.« Lorenz streckte seine Hand aus.

»Nicht so förmlich, ich bin der Tommy.« Thomas schüttelte Lorenz Hand.

»Man sieht gleich, dass er einer vom Fach ist. Ist immer clever im Serverraum, Handschuhe mitzunehmen.«

»Und? Bist du schon weiter?«, fragte Edgar.

»Nicht wirklich, die Lüfter der Prozessoren laufen fast am Anschlag, aber wenn ich im System nachschaue, ist alles Tutti.«

»Tutti?« Lorenz blickte fragend zwischen Edgar und Thomas hin und her.

»Er meint damit, dass er keine Unregelmäßigkeiten findet.«

Thomas ließ sich auf den Bürostuhl fallen und öffnete den Taskmanager. »Hier siehst du, keine weiteren Prozesse, auch das Netzwerk ist clean, alles nur Protokolle von uns.«

»So sieht es auf den ersten Blick aus. Darf ich mich kurz setzen?«

Thomas stand auf und salutierte mit breitem Grinsen vor Lorenz.

»Jawohl Sir, übernehmen Sie das Kommando der Enterprise, sie gehört Ihnen.«

Edgar schüttelte den Kopf. »Setz dich Lorenz und mach oder teste, was du möchtest.«

Lorenz zog sich seine Handschuhe aus, stellte den Bürostuhl hoch und setzte sich. Als er mit flinken Fingern die Befehle in die Tastatur einmassierte, musste Edgar spontan an ein Klavierkonzert von Rachmaninov denken.

»Ähh, grafische Oberfläche ist nicht so dein Ding?«, fragte Thomas.

»So geht es schneller.«

Lorenz öffnete die Eingabeaufforderung und trug den Befehl ‚tasklist/svc|more' ein. Eine lange Liste aller Prozesse erschien auf dem Bildschirm.

»Oho«, sagt Thomas, »irgendwas dabei?«

Lorenz scrollte langsam durch die Liste. »Nichts, was mir Sorgen machen würde. Es sieht wirklich sehr aufgeräumt aus, fast schon zu aufgeräumt.« Mit diesen Worten stand er auf, ging zur Rückseite des Servers und öffnete die Glasabdeckung.

»Wird dieser Raum auch mit Kameras überwacht?«, fragte er Edgar.

»Normalerweise schon, aber seitdem nur noch Thomas hier arbeitet, haben wir den Raum von der Überwachung ausgeschlossen. Warum fragst du?«

»Darum.« Lorenz holte sein Smartphone aus seiner Hosentasche und öffnet eine App.

»Was ist das?«, fragte Edgar.

»Eine Wärmebildkamera.«

»In dem Smartphone?«

»Ja, hab ich mir gegönnt.«

»Meinst du, der Server wird zu heiß?«

»Nein, ich möchte die Netzwerkkabel überprüfen.« Lorenz ging mit der Kamera näher an die Anschlüsse. »Siehst du? Fast alle Anschlüsse sind warm, obwohl das Betriebssystem anzeigt, dass keine leistungsintensiven Netzwerk-Protokolle laufen.«

»Coole Idee«, bemerkte Thomas.

Edgar nickte zustimmend. »Wie ich immer sage: Physik kann man nicht überlisten. Aber warum werden sie nicht angezeigt? Ist das wieder der Trick mit dem faulen Pförtner, der im Regen nicht den tatsächlichen Wareneingang protokollieren möchte?«

»Nein, ich vermute eher einen zweiten Pförtner. Ein kleines Betriebssystem, welches im Hintergrund direkt auf den Prozessor zugreift.«

Thomas hob abwehrend die Hand, »also ich war da nicht dran.«

»Natürlich nicht«, antwortete Edgar und sah ihn missmutig an, um sich dann wieder Lorenz zuzuwenden.

»Und was jetzt? Kannst du mal eben nachsehen, ob sich ein

zweites Betriebssystem auf dem Server befindet?«

»Mal eben, werde ich das nicht können. Wir müssten zuerst einmal den Rechner herunterfahren und dann ohne Betriebssystem wieder starten. Dann kann ich alle Festplatten durchsuchen. Ich habe zuhause noch ein paar Programme, die das sehr gründlich machen, bis aufs letzte Bit und Byte, die aber auch sehr viel Zeit brauchen. Danach müsste ich, zusammen mit Thomas nachsehen, welche Dateien verdächtig sind.«

»Wie lange?«, entfuhr es Edgar.

»Ich schätze 48 Stunden für die Untersuchung und noch einmal 3 Arbeitstage für die manuelle Kontrolle.«

Edgar riss die Augen auf. »Eine Woche? Eine ganze Woche? Das ist unmöglich! Außerdem können wir den Server nicht für 48 Stunden ausschalten. Kann die Untersuchung der Festplatten nicht im Hintergrund laufen, also im laufenden Betrieb?«

»Um Zugriff auf alle Dateien zu haben, wäre es besser, die Untersuchung von außen, also ohne Betriebssystem zu machen. Aber hast du schon einmal darüber nachgedacht, dass Konscio connect hier absichtlich ein zweites Betriebssystem installiert hat? Vielleicht hat ja alles seine Ordnung.«

»Das sollten wir auf jeden Fall vorher ausschließen, bevor wir uns überlegen, hier den Server herunterzufahren. Aber immerhin haben wir erste Anhaltspunkte. Ich will versuchen, noch diese Woche einen Termin bei Konscio zu bekommen. Könntest du mich begleiten? Wenn wir dort mit den Programmierern sprechen, brauche ich jemanden, der das ganze Fachchinesisch auch versteht.«

»Ich soll als Dolmetscher mitkommen?«

»So ähnlich. Könntest du dir für ein paar Stunden freinehmen? Ich weiß, mein Wunsch muss für dich fast unverschämt wirken.«

»Keineswegs, mit den Programmierern von Konscio sprechen zu können, war schon immer ein Wunsch von mir.«

Thomas blickte auf seine Armbanduhr. »Edgar, brauchst du mich noch?«

»Verpasst du sonst deine Lieblingszeichentrickserie?«

»Genau, ich wollte noch vor dem Sandmännchen zu Hause sein.«

»Von mir aus kannst du fahren, Lorenz und ich bleiben noch ein wenig.«

»Klar, bleib so lange du möchtest, aber hattest du nicht letzten Samstag noch ein Privatleben?«

»Ist heute Samstag? Du kannst dich jetzt entfernen.«

»Jawohl Herr Kaleun! LI verlässt die Brücke.«

Mit diesen Worten drehte sich Thomas auf dem Absatz um und ging zum Ausgang.

»Ein lustiger Kerl«, bemerkte Lorenz

»Hmm«, brummte Edgar, »kannst du mir noch die Sache mit den neuronalen Netzen in einfachen Worten erklären?«

»Ich werde es versuchen.« Lorenz blickte für einen Moment mit starrem Blick in die Ferne, dann wandte er sich zu Edgar.

»Stell dir vor, du möchtest eine Antenne manuell auf einen Sender ausrichten. Aber du weißt absolut nicht, wo der Sender ist. Wie würdest du vorgehen?«

»Ich würde die Antenne erst einmal grob hin- und herbewegen, in der Hoffnung irgendetwas zu empfangen.«

»Gut, eine erste, chaotische Zielwertsuche. Plötzlich verändert sich das Rauschen in deinem Empfänger. Was machst du?«

»Ich bleibe in dieser Stellung.«

»Aber der Empfang ist noch nicht gut. Wie gehst du vor?«

»Ich würde kleinere Korrekturen machen und das Ergebnis kontrollieren.«

»Du machst also keine großen Bewegungen mehr?«

»Nein, den Sender habe ich ja wohl schon grob gefunden.«

»Gut, der Empfang ist nun schon relativ gut. Was machst du nun?«

»Ich würde nur noch ganz kleine Korrekturen machen, in der Hoffnung, das Ergebnis zu optimieren.«

»Genau, du hast also nach einer anfänglich chaotischen Zielwertsuche deine Suche verfeinert und die Ausschläge zur Korrektur ständig verringert. Denn wenn du die Antenne zu weit zurückstellst, würde sich das Ergebnis wieder verschlechtern. Deine Korrekturbewegung nimmt immer weiter ab, bis ein vertretbares Optimum erreicht ist. Dieses hast du nicht berechnet, sondern durch Versuch und Irrtum ermittelt.«

»Worauf willst du hinaus?«

»Wichtig ist erstens der Vergleich zwischen den veränderten Eingabewerten und den Ausgabewerten, also der Stellung der Antenne und der Qualität des Empfangs. Zweitens die abnehmenden Korrekturen der Eingabewerte und den daraus verbesserten Ergebnissen. Du hast das Optimum nicht berechnet, sondern erlernt.«

»Und dieses Lernen kann man auch im Computer simulieren?«

»Ja, statt einen festen Eingabewert vorzugeben, fängst du mit einem willkürlichen Wert an und führst die Berechnung durch. Dann wiederholst du die Berechnung mit einem geänderten Eingabewert und überprüfst, wie sich das Ergebnis verändert hat. Ist es größer oder kleiner geworden? Liegst du nun über oder unter dem Zielwert? Dann folgt die nächste Berechnung mit geringer verändertem Eingabewert.«

»Und das wiederhole ich dann so oft, bis ich das Optimum gefunden habe, klingt gar nicht so kompliziert.«

»Wir haben auch nur einen Eingabewert und einen Ausgabewert. Schwieriger wird es, wenn du mehrere Eingabewerte hast und auch mehrere Ausgabewerte. Du hast mir die Problematik einer Klebeverbindung beschrieben, bei der mehrere Eingabeparameter das Ergebnis beeinflussen. Dabei kann die Temperatur eine größere Rolle spielen, als die Luftfeuchtigkcit.«

»Aber das Lernprinzip bleibt gleich, oder?«

»Ja, nur dass die Eingabeparameter gewichtet werden müssen, also die Temperatur eine größere Bedeutung bekommt als die Luftfeuchtigkeit. Zusätzlich müssen die Lernkurven angepasst werden.«

»Die Lernkurven?«

»Denk an die Korrekturen deiner Antenne. Sie wurden immer kleiner. Die Größe der Korrektur wurde ständig kleiner, zum Beispiel durch zwei geteilt.«

»Also erst 12 Grad, dann 6 Grad, 3 Grad usw.«

»Genau, dieser Korrekturfaktor ist die Lernkurve, die auch veränderlich sein kann. Zum Beispiel teilst du zuerst durch 2, dann durch 3 und so weiter um dich dem Optimum langsamer und damit genauer, oder schneller und damit ungenauer zu nähern.«

»Aber dann wären sicherlich eine Vielzahl an Berechnungen notwendig.«

»Dafür gibt es doch Computer, aber du brauchst auch eine Vielzahl an Versuchen. Erst wenn du Hunderte von Klebeverbindungen gemacht hast, dabei die Temperatur, Luftfeuchtigkeit usw. protokolliert und die Ergebnisse geprüft hast, kann deine Formel lernen und sich mit den Berechnungen immer weiter den Ergebnissen anpassen. Du brauchst also zuerst eine Menge überprüfter Daten, damit das System lernt. Aber letztendlich sind die programmierten neuronalen Netze von der Natur abgeschaut. In unserem Hirn laufen ähnliche Prozesse ab. Jedes Neuron entspricht dort einer Berechnungsschlaufe in einer Matrix.«

»Ist das nicht seltsam?«

»Das Prinzip von neuronalen Netzen?«

»Zum einen das, aber auch, dass wir lernen können, ohne zu

wissen, wie lernen funktioniert. Und zum anderen dachte ich, Computer wären Maschinen, die immer alles ganz genau berechnen.«

»Manchmal sind exakte Berechnungen unerlässlich, aber die Leistungsfähigkeit von neuronalen Netzen ist enorm. Stell dir vor, du fährst mit dem Fahrrad in eine Kurve. Dabei entspricht der Tangens des Neigungswinkels dem Verhältnis aus Fliehkraft und Schwerkraft. Die Fliehkraft berechnet sich: Masse mal der Geschwindigkeit zum Quadrat, dividiert durch den Kurvenradius. Und die Schwerkraft: Masse mal Erdbeschleunigung. Passt das Verhältnis nicht, musst du nachkorrigieren oder du fällst um. Und obwohl es so kompliziert ist, lernt es jedes Kind.«

»Du hast Recht, Lorenz.« Edgar blickte nachdenklich zum Boden und sah dann auf. »Danke für deine Zeit und deine Geduld, komm, lass uns Feierabend machen, ich bringe dich noch eben zum Ausgang und schließe das Tor auf. Der Pförtner ist sicherlich schon gegangen.«

Lorenz zog sein Smartphone aus der Hosentasche und wählte einen Kontakt. »Nein, er ist noch da.«

»Hast du ihn gerade angerufen?«

»Nein, aber mein altes Smartphone. Ich habe ihn sprechen gehört.«

»Er ist an dein Smartphone gegangen?«

»Nein, aber bevor ich es abgegeben habe, hatte ich den Bildschirm und den Ton deaktiviert, dazu aber die automatische Annahme einer einzigen Rufnummer aktiviert. Schon kann ich unbemerkt den Raum überwachen.«

»Ich habe dich wohl in vielen Dingen unterschätzt, nun gut, dann bringe ich dich bis zum Pförtner. Nochmal Danke für deine Zeit.«

»Gerne, mir macht es Spaß, wieder mit meinen alten Freunden zusammen zu sein.«

Kapitel 4

»Alle Achtung«, entfuhr es Lorenz.

Sein Blick folgte dem künstlichen Bachlauf, welcher im Eingangsportal zu entspringen schien, dann in Edelstahl eingefasst, die Treppenstufen hinunterlief, um sich in einem kleinen Bambuswäldchen, welches den großzügig gestalteten Eingangsbereich vom Parkplatz trennte, verlor.

»Du warst noch nie hier«, fragte Edgar?

»Bislang habe ich das Gebäude immer nur von der Straße aus gesehen und von dort sieht es ganz normal aus, halt ein Bürogebäude mit einem Parkplatz, aber aus dieser Perspektive wirkt es geradezu elegant.«

»Konscio stellt keine Produkte her, die man Kunden präsentieren könnte und über die man Vertrauen gewinnt, also muss man mehr in den Eingangsbereich investieren. Alles wurde damals von einem Stararchitekten entworfen, der Bachlauf soll den Datenfluss symbolisieren, im Inneren entspringt er an einer vertikal begrünten Wand, du siehst es ja gleich.«

In diesem Moment öffneten sich automatisch die Schiebetüren und sie betraten den Eingangsbereich, den man schon fast als Halle bezeichnen könnte. Die begrünte Wand war mehr als sechs Meter hoch und die dunkelgrünen Blätter ergaben einen schönen Kontrast zum hellen, polierten Marmor des Fußbodens, welcher durch seinen Glanz im lichtdurchfluteten Eingangsbereich auch beinahe wie eine Wasseroberfläche wirkte.

»Es erstaunt mich, dass wir hier einfach hereingehen können«, sagte Lorenz mit einem Blick durch die Halle.

»Eleganz ist ein besonderes Stilmittel. Es wirkt anziehend und abstoßend zugleich. Könntest du dir vorstellen, dass sich hier ein Rentner oder ein Jugendlicher verirrt?«

Lorenz sah sich um und schüttelte den Kopf. »Nein, wohl kaum.«

»Genau das ist der Trick, nur wer sich der Eleganz zugehörig fühlt, geht weiter. Ein hochfunktionaler Filter, der zudem ohne Personal auskommt.«

Sie gingen langsam auf eine ebenfalls in hellem Marmor gehaltene Theke zu. Im Hintergrund sah man verschiedene Weltzeituhren, die sich in einer gewellten, blankpolieren Edelstahlfläche spiegelten und so wie die Uhren von Dali wirkten.

Edgar drehte sich zu Lorenz um. »Alles ist im Fluss, auch die Zeit, überall. Das soll es symbolisieren.« Mit diesen Worten griff er in die Seitentasche seines Sakkos, holte eine Visitenkarte heraus, legte sie auf die Theke der Anmeldung und räusperte sich geräuschvoll. Die eben noch geschäftig am PC tippende Dame auf der anderen Seite sah zu ihnen auf und lächelte sie mit ihren schneeweißen Zähnen an.

»Mein Name ist Edgar Wiesner und das ist Herr Lorenz Meyer, wir wollen zu Herrn Dr. Wergener.«

»Haben Sie einen Termin?«

»Nein, aber wir haben ein Problem, ein großes Problem.«

»Also wenn Sie keinen Termin haben«, sie tippte mit ihren rotlackierten Nägeln wieder auf der Tastatur, »sehe ich keine Möglichkeit. Herr Dr. Wergener ist heute den ganzen Tag in Besprechungen.«

Edgar holte tief Luft. »Offensichtlich habe ich mich eben nicht klar genug ausgedrückt. Unsere Produktionsanlagen werden über Ihre Firma gesteuert, wir sind Ihr größter Kunde und seit letztem Freitag funktioniert die Steuerung nicht mehr.«

»Haben Sie schon versucht, unsere Serviceabteilung zu kontaktieren? Sie ist auch online 24 Stunden für Sie erreichbar.«

»Glauben Sie im Ernst, das hätte ich noch nicht probiert?«, schnaubte Edgar. »Glauben Sie, ich würde mir die Mühe machen und persönlich hierher kommen, wenn es so einfach zu lösen wäre?«

»Aber haben Sie in unserem Online-Portal auch schon die FAQs durchgesehen?«

»Verdammt nochmal«, Edgar schlug mit der flachen Hand auf die Theke, »Sie holen mir jetzt Herrn Wergener oder hier steht noch heute Nachmittag unsere Rechtsabteilung. Habe ich mich nun klar ausgedrückt?«

»Ich will sehen, was ich tun kann, wenn Sie einen Augenblick Platz nehmen wollen?« Sie deutete auf eine Sitzgruppe im Hintergrund.

»Gut, aber beeilen Sie sich.« Das Klacken ihrer Absätze hallte durch den Raum und verstummte, als sie den Teppichboden des

Bürotrakts erreichte.

Edgar wandte sich um und sah Lorenz an. »Komm, wir setzten uns.« Gemeinsam gingen sie auf eine in dunkelgrünem Leder gehaltene Sitzgruppe zu, deren Armlehnen sich wie Blätter nach außen rollten.

»Für einen Moment hatte ich die Befürchtung, du würdest ihren hübschen Kopf abbeißen«, sagte Lorenz, als sie sich setzten.

»Na und? Der ist doch eh nur ein Dekoartikel.« »Aber ein überaus hübscher Dekoartikel. Beeinflusst dich das gar nicht, oder gar ins Gegenteil?«

»Heute beeinflusst es mich nicht mehr.«

»Also war es mal anders?«

»Früher war ich immer der Ansicht, dass wir Männer zwei Sehzentren haben. Das eine im Kopf, welches Bäume, Schmetterlinge, Autos und Bücher sehen kann.«

»Und das Zweite?«

»Das liegt in unserer Körpermitte und ist nicht so leistungsfähig wie das Erste. Es sieht nur rote Lippen und weibliche Rundungen. Leider ist dieses Sehzentrum das dominante. Ist es erst einmal durch entsprechende Schlüsselreize aktiviert worden, kann das Erste kaum noch arbeiten. Es sieht weder Bäume noch Autos noch Bücher, nicht einmal Verträge können noch gelesen werden.«

»Und wie kann es wieder deaktiviert werden?«

»Kurzfristig durch Sex, dauerhaft nur durch eine nervenaufreibende Scheidung.«

»War es so schlimm für dich?«

»Am schlimmsten war, dass ich ihr Recht geben musste. Sie wollte mit mir ein Zuhause für unsere Kinder schaffen. Ihr zuliebe habe ich den grünen Dachpfannen zugestimmt und noch vielen anderen Dingen. Aber das war nicht genug. Sie meinte, für ein Zuhause würde es drei Sachen brauchen: Sicherheit, Geborgenheit und jemanden, der auf einen wartet. Ich habe daraufhin eine Alarmanlage gekauft, aber immer noch jede Woche 50 bis 60 Stunden gearbeitet. Als dann unsere Tochter geboren wurde, war ich im Ausland um unsere erste vollautomatische Fertigungsanlage einzufahren. Ich wollte schon immer etwas Großes schaffen, und das war damals wirklich ein bedeuter Schritt für mich und die Firma.

Meine Frau warf mir vor, die bedeutenden Schritte unseres Kindes nicht zu sehen. Ich schlug ihr vor, solche Schritte zu filmen, damit ich sie mir in der Mittagspause ansehen kann.«

»Hat sie es getan?«

»Ja, anfangs schon. Aber eines Abends bin ich nach Hause gekommen, und auf unserem Küchentisch lag die Kamera mit einem Zettel: ‚Nun kannst du deine Fertigungsanlagen filmen. Wenn ich Zeit habe, schaue ich sie mir an‘. Sie hatte nur ihre persönlichen Sachen mitgenommen und unsere Tochter.«

»Hast du noch Kontakt zu deiner Tochter?«

»Wir sehen uns gelegentlich. Sie ist inzwischen erwachsen und hat schon lange einen festen Freund. Ein ganz passabler Bursche.«

»Und deine geschiedene Frau?«

»Sie hat nach ein paar Jahren wieder geheiratet und noch ein zweites Kind bekommen.«

»Hast du es denn nicht noch einmal probiert?« »Nein, liegt wohl an meinem kaputten Sehzentrum.«

Edgar seufzte, »und was ist mit dir, Lorenz?«

»Oh, meine Mutter sagte immer, dass irgendwo auf der Welt eine Frau auf mich wartet. Früher habe ich es ihr nur allzu gern geglaubt. Ich habe sogar mal einen Tanzkurs absolviert. Die Tanzschritte habe ich begriffen, das Paarungsverhalten von Menschen ist mir aber bis heute ein Rätsel, es scheint ohne jede Logik zu sein.«

Für einen Moment verharrten beide im bewegungslosen Schweigen, nur umhüllt vom leisen Plätschern des Wassers, dann waren wieder Schritte zu hören, die sich näherten. Edgar schaute sich um und sah, wie die Dame aus der Anmeldung auf sie zukam.

Kapitel 5

»Herr Dr. Wergener erwartet Sie in seinem Büro. Soll ich Sie begleiten?«

»Nicht notwendig, ich kenne den Weg.« Mit diesen Worten umrundete Edgar die Theke der Anmeldung und ging auf den Eingang des Bürotrakts zu, getreu dem Motto, die kürzeste Verbindung zwischen zwei Punkten ist die Gerade. Lorenz folgte ihm, immer noch interessiert die Details der Eingangshalle betrachtend. »Wie ist er so, der Herr Wergener?«

»Erfolgreich«, lautete Edgars knappe Antwort. »Er hat Konscio vor zwei Jahren übernommen und seitdem wurden die Gewinne verdoppelt. Ansonsten habe ich meist mit dem technischen Geschäftsführer, Herrn Brunner zusammengearbeitet, aber den konnte ich nicht mehr erreichen. Wir sind da.«

Edgar klopfte an eine Tür, am Ende des Ganges, kurz darauf schnarrte der elektrische Türöffner und er drückte die schwere Tür auf.

»Immer nur hereinspaziert«, mit diesen Worten kam ihnen ein braungebrannter, sportlich gekleideter Mann um die sechzig entgegen. Helle Hose aus Leinen, ein weit geschnittenes weißes Hemd dazu Bootsschuhe. »Sie müssen meinen lässigen Auftritt entschuldigen, ich bin erst heute Morgen angereist. Aber manchmal brauche auch ich wieder festen Boden unter den Füßen, und das nicht nur zum Golf spielen. Herr Wiesner, was führt Sie zu uns, ich hörte von Ihrer Aufregung.«

Dabei schüttelte er lange Edgars Hand und sah zu Lorenz herüber, der seine Hände hinter seinem Rücken verbarg. »Oh, ein neues Gesicht.«

»Unser IT-Berater Herr Lorenz Meyer, der mir bei den folgenden Gesprächen zur Seite steht«, Edgar schaute sich um, »Herr Brunner kommt gleich?«

»Ach, wussten Sie das noch gar nicht? Herr Brunner hat unser Haus verlassen. Bitte setzen Sie sich doch.« Mit diesen Worten ging er um seinen Schreibtisch herum, der wie das Bootsdeck einer Jacht geformt war und wies auf die weißen Lederstühle auf der anderen Seite. »Kann ich Ihnen etwas zu trinken anbieten? Wasser, Saft, oder einen Tee?«

»Wasser wäre gut«, antwortete Lorenz und auch Edgar nickte. Wergener öffnete einen der Decksaufbauten der Schreibtischjacht, in die Schränke eingearbeitet waren, holte eine Flasche Wasser und Gläser heraus und schenkte mit geübter Hand ein.

Lorenz blickte auf das vor ihm stehende Glas mit geräuschvoll sprudelndem Wasser, dann weiter durch die bodentiefen Fenster herüber in den großzügig angelegten Garten.

Wergener folgte seinem Blick und sagte: »Im Winter sieht das immer ein wenig traurig aus, aber im Sommer habe ich hier meinen eigenen, kleinen Golfplatz. Vom Schreibtisch aus an meinem Abschlag zu feilen, war schon immer ein Traum von mir. Spielen Sie Golf?«

Lorenz schüttelte den Kopf.

»Ich will gleich zur Sache kommen«, sagte Edgar, »unsere letzte Fertigungsanlage, welche auch über Konscio gesteuert wird, läuft nicht wie erwartet. Eigentlich hatte ich gehofft, hier und heute die Ursache für die Störung zu finden. Ich habe gestern vergeblich versucht, jemanden aus Ihrer IT zu erreichen, so auch

Herrn Brunner. Es überrascht mich, dass er nicht mehr bei Konscio arbeitet.«

»Wir sind mitten in einer Umstrukturierung, da kann es schon mal passieren, dass jemand mal nicht erreichbar ist.«

»Aber doch nicht die gesamte Technik.«

»Nun, wir werden die IT nach Indien verlagern. Der Lohnkostendruck hier vor Ort ist einfach zu hoch und was lässt sich schneller verlagern als Daten.«

»Und was ist mit dem Support vor Ort? Ich hatte damals eine langfristige Zusammenarbeit mit Herrn Brunner vereinbart.«

»Aber ich bitte Sie, Herr Wiesner, daran wird sich doch nichts ändern. Ihre Produktionsanlagen werden doch auch weltweit eingesetzt und ob diese in Zukunft von Indien oder von hier aus gesteuert werden, ist doch heute kein wirklicher Unterschied mehr. Zudem planen wir, nein ich muss mich verbessern, *werden wir* auf allen Kontinenten Rechenzentren aufbauen.«

»Die Steuerung ist das eine, aber während der Aufbauphase gibt es immer eine Fülle von Problemen, die in enger Abstimmung gelöst werden müssen.«

»Aber selbstverständlich, es wird immer eine Kernmannschaft an den jeweiligen Standorten geben, aber dass es im Zuge des momentanen Umbaus zu der einen oder anderen Störung kommen kann, ist doch verständlich. Ihre Anlagen laufen doch auch nicht auf Anhieb, oder?« Dabei lächelte Dr. Wergener zu Edgar herüber. »Dennoch werden wir nichts unversucht lassen, Ihre Probleme zu lösen. Was gibt es denn für Störungen in Ihrer neuen Fertigungsstraße?«

»Sie blieb letzten Freitag für eine Stunde stehen, seitdem läuft sie zwar wieder, aber es kommt immer wieder zu einer verlangsamten Taktzeit.«

»Sie läuft, sagen Sie, das hört sich doch gut an. Ich hatte schon die schlimmsten Befürchtungen. Der Rest ist doch sicher nur Feintuning, da können die Jungs in Indien mal zeigen was sie drauf haben, was meinen Sie, Herr Wiesner.«

»Aber das ist nicht alles, wir haben Probleme mit unserem Server. Alle Prozessoren arbeiten mit fast maximaler Auslastung, wie auch unser Netzwerk. Doch eine Überprüfung ergab bislang keine Ergebnisse. Unser IT-Experte Herr Meyer hatte die Vermutung, dass Konscio gegebenenfalls ein kleines Betriebssystem für weitere Steuerungsaufgaben auf unserem Server installiert hat.«

»Also, das kann ich mir beim besten Willen nicht vorstellen, schließlich haben wir hier genug Rechenpower.« Wergener lachte. »Aber ich werde Ihnen einen Kontakt zukommen lassen, der Sie unterstützen kann. Damit Sie wieder ruhig schlafen können.«

»Ja, langsam wird es ungemütlich bei uns.«

»Jetzt sagen Sie bloß, Sie bekommen Ärger. Mensch, Wiesner,

ohne Sie wäre ASAP doch nie an die Weltspitze gekommen, da braucht es solche Ausdauersportler wie Sie.«

»Vielen Dank, dennoch möchte ich noch einmal auf unser Problem mit den schwankenden Taktzeiten zu sprechen kommen. Wir, also Herr Meyer und ich, hatten gehofft, mit Ihrem Chefprogrammierer sprechen zu können, um der Ursache auf den Grund zu gehen.«

»Herr Devi ist zur Zeit in Indien und arbeitet dort unsere neue Mannschaft ein, aber ich sagte ja bereits, dass ich Ihnen so schnell wie möglich einen Kontakt zukommen lasse, der sich die Sache mal ansieht.« Wergener sah auf seine Armbanduhr. »Also wenn das alles war, würde ich gerne wieder zurück in den Besprechungsraum gehen. Wie bereits gesagt, bin ich heute Morgen erst angereist und habe noch ein strammes Programm vor mir. Warten Sie, ich bringe Sie zur Tür.« Mit diesen Worten stand er auf und auch Edgar und Lorenz erhoben sich.

»Einen Moment«, Wergener zog eine kleine Schublade aus den Deckaufbauten seiner Schreibtischjacht auf und fischte eine Visitenkarte heraus. »Damit haben Sie meine direkte Durchwahl, falls es mal wieder irgendwo klemmt.«

Edgar stutzte, als er die Visitenkarte in die Hand nahm, die nicht aus Papier, sondern aus glänzendem Edelstahl gefertigt war. Die Kontaktdaten waren eingeätzt worden - eine Visitenkarte für die Ewigkeit.

»Vielen Dank, Herr Dr. Wergener«, Edgar folgte ihm zur Tür, »hoffen wir das Beste.«

Wergener verteilte sein Lächeln großzügig an Edgar und Lorenz. »Genau, immer positiv denken«, und klopfte Edgar auf die Schulter.

Als sich die Tür wieder schloss, drehte Wergener sich um und ging langsam auf die Fensterfront zu. Es war inzwischen fast dunkel geworden und er betrachtete nachdenklich sein Spiegelbild im Fenster, dann zog er sein Handy aus der Hosentasche und wählte einen Kontakt.

»Hallo Jasper, wie weit sind die Verträge für den Kauf von ASAP?«

»Im Prinzip sind sie fertig, doch einer der Geschäftsführer hat immer noch Bedenken.«

»Könnten die mit Geld zerstreut werden?«

»Kaum, wir sind schon jetzt am absoluten Limit angekommen. Bist du dir sicher, ASAP übernehmen zu wollen?«

»Absolut. Kennst du Ochsenfrösche, Jasper?«

»Wie kommst du auf einmal auf Frösche?«

»Ochsenfrösche sind einer der größten Frösche der Welt und unfassbar gefräßig. Sie fressen alles, was sich bewegt, auch Artgenossen bis zu ihrer eigenen Größe. Es ist in diesem Fall dann nur die Frage, wer zuerst zuschnappt. Ich habe mal ein Foto gesehen, auf dem ein fetter Frosch zu sehen war, aus dessen Maul die Beine seines Artgenossen ragten. Welche Rolle wäre dir lieber, Jasper, also ich möchte aus Konscio den fettesten Frosch machen.«

»Verstanden, dennoch muss es finanziert werden können.«

»Hat er Schwächen, Hobbys, Leidenschaften?«

»Wenn du mich so fragst, er ist ein totaler Autonarr. In seiner Freizeit repariert er Oldtimer, die er dann liebevoll pflegt. Mir ist schleierhaft, wo er die Zeit dafür hernimmt.«

»Das ist doch ein Ansatzpunkt, Jasper. Ich habe letztens im Golfclub einen alten Geschäftsfreund wiedergetroffen, der mir gestand, unheilbar an Krebs erkrankt zu sein. Und weißt du, was ihn am meisten ärgert? Dass sein Sohn, den er für einen hoffnungslosen Materialfahrer hält, demnächst mit seinen über alles geliebten Autos fahren würde. Ich hatte ihm vorgeschlagen, die Autos zu verkaufen, aber er meinte, sie dürften nur in eine Hand, die den wirklichen Wert dieser Schönheiten zu schätzen wüsste. Wir sollten die beiden miteinander bekannt machen. Ich werde dir die Kontaktdaten meines Geschäftsfreundes zusenden, kümmerst du dich um den Rest?«

»Selbstverständlich.«

»Aber denke daran, Konscio das Vorkaufsrecht einzuräumen und damit die Vermittlerrolle zu stärken.«

»Ich bin doch kein Anfänger.«

»Noch etwas, bereite einen Beratervertrag für Herrn Wiesner vor, den Projektleiter von ASAP. Bring in Erfahrung, was er zurzeit verdient, und schreibe das Doppelte in den Vertrag.«

»Warum so großzügig?«

»Er ist die vertraute Stimme bei den Kunden, so etwas ist wichtig, er darf uns auf keinen Fall verloren gehen. Und sobald sein

Nachfolger eingearbeitet ist, lösen wir den Beratervertrag wieder auf.«

Kapitel 6

Die Türglocke war noch nicht verstummt, als die Haustür geöffnet wurde und Matthias breit grinsend im Flur stand, um seinen Freund mit einem etwas zu lauten: »Hallo Edgar«, zu begrüßen.

Edgar sah ihn misstrauisch an. »Hast du irgendwas genommen?«, fragte er.

»Aber nein, ich freue mich einfach auf unseren gemeinsamen Abend. Komm rein, Eva ist auch schon angekommen.«

»Welche Eva?«, Edgar runzelte die Stirn.

»Eva Grundhoff, die Biologin.«

»Die kleine Schwester von Freddy? Das ist doch wohl nicht dein Ernst, was hast du dir denn dabei gedacht?«, schnaubte Edgar.

»Du sagtest doch selbst, ich soll das Feuer erhalten und nicht die Asche anbeten. Komm, gib diesem Abend eine Chance und verurteil ihn nicht sofort.«

»Ja, ja, aber eines sage ich dir: Viel Zeit habe ich nicht, der Fehler in unserer Produktionsanlage ist immer noch nicht aufgeklärt, morgen will ich mich noch mit jemandem treffen, der mir vielleicht helfen könnte.«

»Auf einem Sonntag? Am siebten Tage sollst du ruhen. Wie auch immer«, Matthias schüttelte den Kopf, »vergiss mal für eine Stunde deine Produktionsanlage und komm ins Wohnzimmer. Geh schon mal vor, ich hole noch Lorenz aus der Küche.«

»Warum sitzt der denn noch in der Küche?«

»Ach, du weißt doch wie er ist. So ist es einfacher für ihn, wenn du schon im Raum bist. Ich komme dann mit ihm nach.«

Langsam ging Edgar auf die Wohnzimmertür zu, verharrte dann aber doch. Er lauschte dem Ticken der Uhr, holte tief Luft, um dann die Türklinke herunter zu drücken.

Edgar ging in den Raum und blieb wie angewurzelt stehen. Seltsam, dachte er für einen Augenblick, dass Personen in unseren Erinnerungen nicht altern.

Da stand die kleine Eva, natürlich war sie nicht mehr klein, sondern eine erwachsene Frau. Sie trug eine enge Jeans, die ihre langen Beine betonte, eine geblümte Bluse, dezentes Makeup, rosa Lippenstift, und ihre langen Haare waren zu einem lockeren Zopf geflochten. Ihre Haut war braun und vom Wetter gezeichnet. Sie wirkte unglaublich vital und in diesem Zimmer, mit den Schwarzweißbildern an der Wand und den dunklen alten Möbeln, wie hereinretuschiert.

Selbst der muffige Geruch des Raumes wurde nun von ihrem Parfüm durchdrungen.

Noch ehe er sich aus seiner Starre lösen konnte, kam Eva auf ihn zu und schüttelte ihm die Hand. »Wie schön, dich nach all den Jahren wieder zu sehen«, sagte sie und lächelte ihn an. »Als Matthias mich zu diesem Treffen einlud, habe ich sofort zugesagt. Ich bin so gespannt, was aus euch geworden ist. Ich hoffe, du hast viel Zeit mitgebracht.«

»Soviel du willst«, Edgar konnte seinen Blick kaum lösen, »ich ... ich, kann gar nicht glauben, was aus der kleinen Eva aus der Schule geworden ist.«

»Ja, aus Kindern werden Leute«, antwortete Eva und ging auf Lorenz zu, der zusammen mit Matthias den Raum betrat.

»Du musst Lorenz sein, du bist noch genauso dünn wie damals. Ess doch mal mehr!«

Lorenz blickte nervös zum Boden und sagte: »Iss.«

Eva legte den Kopf zur Seite und sah ihn fragend an.

»Es heißt ‚iss doch mal mehr‘«, wiederholte Lorenz, »der Imperativ Singular von essen wird mit i gebildet.«

»Er hat sein Grammatik-Tourette leider immer noch nicht ganz abgelegt«, schnaufte Edgar.

Lorenz zog sich seine Handschuhe aus und schüttelte Eva die Hand. »Schön, dich wiederzusehen«, dabei zwang er sich, sie direkt anzuschauen und um seinen Mund spielte ein Lächeln.

»Du hattest Handschuhe an? So kalt ist es doch gar nicht.«

»Ach, ich habe schnell kalte Finger, liegt wohl am Blutdruck.«

»Hast du das gesehen, Mathias?«, flüsterte Edgar, »das war doch pure Anmache!«

Matthias sah Edgar an und schüttelte kaum merklich den Kopf, dann lächelte er allen zu, als würde er gerade seine Kirchengemeinde zum Gebet einladen.

»Wollen wir uns nicht setzen? Eva, dieser Platz ist für dich.« Matthias zog den Stuhl hervor und bat Eva auf den Platz, vor dem letzten Freitag noch das Bild gestanden hatte.

»Oh, wie charmant von dir.«

Wie selbstverständlich setzten sich auch Lorenz und Edgar. Lorenz blickte zur Wand, vor der letzte Woche noch die Scherben lagen und stellte erleichtert fest, dass alles wieder sauber war.

»Ach, ich könnte auch etwas abnehmen, machst du eine bestimmte Diät, Lorenz?«

»Diät? Nein, ich esse was Mutter kocht. Ich weiß nicht, ich werde einfach nicht dicker.«

»Du wohnst noch zu Hause?«

»Ja, warum nicht?«, dabei blickte Lorenz schüchtern auf seinen Teller.

»Er wohnt noch zu Hause, weil er gar nicht weiß, was kochen ist«, warf Edgar dazwischen.

»Natürlich weiß ich was kochen ist: Zuerst verändert man mechanisch Größe und Konsistenz eines Lebensmittels, dann vermischt man sie in vorgegebenen Mengenverhältnissen und anschließend folgen diverse thermische Prozesse.«

»Deine Beschreibung macht sofort Appetit, hast du schon mal daran gedacht ein Kochbuch zu schreiben?«, fragte Edgar, »du könntest als Einleitung das Periodensystem abbilden.«

Lorenz sah ihn mit halb offenem Mund an.

»Wirklich?«, fragte er gedehnt.

Matthias stand plötzlich neben Edgar und flüsterte: »Hör auf, Lorenz zu verarschen!«

»Was darf ich euch zu trinken anbieten? Weißwein, Rotwein, Wasser? Die Pizza habe ich für 20 Uhr bestellt.«

»Prima, ich habe einen Mordshunger mitgebracht und nicht nur das«, Eva holte eine Mappe aus ihrer Handtasche, »Matthias erzählte mir von eurer Frage zum Thema Leben, aus euren letzten Treffen. Ich habe eine alte Arbeit aus meinem Studium herausgesucht, Gott sei Dank hatte ich sie noch nicht weggeschmissen.«

Sie öffnete die Mappe und warf einen kurzen Blick auf die erste Seite.

»Ist es euch recht, wenn wir mit dem offiziellen Teil des Abends beginnen? Wer von euch hatte denn die Frage? Du Matthias?«

»Nein, ich war das«, meldete sich Edgar. »Mich interessierte, ob es reicht Stoffwechsel und den Wunsch nach Fortpflanzung zu haben, um es Leben nennen zu können. Vielleicht ist die Frage auch aus der Eintönigkeit des Alltags entstanden.«

»So schlimm im Moment?«

»Nicht schlimmer als sonst, aber ich wollte dich nicht unterbrechen, Eva.«

»Nun, das ist tatsächlich gar nicht so einfach zu beantworten. Wir wissen zwar meist sehr gut, wann etwas tot ist, aber umgekehrt wird es schwierig. Das Licht des Lebens könnte ja auch ein Feuer sein. Es atmet Luft, muss gefüttert werden, und hinterlässt Ausscheidungen in Form von Asche und wenn wir nicht aufpassen, kann es sich auch in Windeseile ausbreiten und ist es erloschen, hören all diese Prozesse auf.«

»Du willst doch nicht allen Ernstes behaupten, dass Feuer lebt?«, fragte Edgar misstrauisch.

»Nein, denn etwas fehlt ihm, es kann keine Informationen weiter geben. Der Funkenflug eines Strohfeuers, kann an anderer Stelle einen Schwelbrand verursachen. Zwei völlig verschiedene Feuer.«

Eva blätterte um. »Es müssen auch Informationen weitergegeben werden.«

»Wie bei einem Kettenbrief?«, fragte Matthias.

»So ähnlich«, Eva nickte zustimmend.

»Oder einem Computerprogramm«, stellte Lorenz fest. »Du meinst die DNA, stimmts?«

»Richtig, aber es gibt noch einen einfacheren Vorläufer der DNA, die RNA. Aber beide leben für sich genommen nicht, sie sind nur ein Datenspeicher. Inzwischen können sie künstlich hergestellt werden und es gibt tatsächlich Überlegungen, sie zur Langzeitspeicherung von Computerdaten zu nutzen, denn sie sind sehr robust und überdauern gekühlt problemlos mehrere tausend Jahre.«

»Interessant«, stieß Lorenz hervor und rückte mit seinem Stuhl näher an den Tisch heran. »Hast du den Artikel noch?«

»Er steht im Netz, ich schicke dir den Link zu.« »Wir benötigen also die Weitergabe von Informationen, sowie einen kontrollierten Stoffwechsel, von dem man bei einem Feuer nicht sprechen kann. Für diese Kontrolle brauchte es eine Abgrenzung, eine Hülle. Was für die Technik das Rad ist«, Eva lächelte zu Edgar herüber, »ist für die Biologie die Zellmembran, welche durch ihre Abgrenzung zu einem Dies- und Jenseits führt, und damit zu einem kontrollierbaren Stoffwechsel.«

»Das Rad wird als die größte Erfindung der Technik gesehen, du denkst tatsächlich, dass die Zellmembran einen ähnlichen Stellenwert in der Biologie hat?«

»Unbedingt, ohne eine Abgrenzung hast du nur eine homogene Masse, ohne jede Differenzierung. Das Leben begann mit der Zellmembran.«

»Und all das soll zufällig entstanden sein?«, fragte Matthias ungläubig.

»Mehr oder weniger. Heute vermutet man die Entstehung erster einfacher Zellen in der Tiefsee, in den Bereichen hydrothermaler Schlote vulkanischen Ursprungs, sogenannten schwarzen Rauchern. Hier wird das stark mineralhaltige Wasser immer weiter konzentriert und bildet so die beste Voraussetzung, organische Moleküle zu erzeugen, den Bausteinen für die spontane Entstehung einer Zelle.«

»Nimm es mir nicht übel, Eva, und es hat nichts mit meiner Tätigkeit als Pfarrer zu tun, aber es will einfach nicht in meinen Kopf, dass so komplexe Prozesse zufällig entstanden.«

»Ja, es ist erstaunlich, aber wir dürfen nicht vergessen, wie lange es dauerte, und wie viele Billionen und nochmal Billionen Fehlversuche es gegeben hat, bis die erste Zelle entstand. Bei den höheren Lebensformen hilft uns die natürliche Selektion, die Darwin entdeckt hat.«

»Es scheint offensichtlich passiert zu sein«, warf Edgar ein, »sonst würden wir heute Abend nicht hier sitzen. Aber angenommen, es käme zu einer globalen Katastrophe, die alles Leben auslöscht, könnte sich der ganze Vorgang wiederholen?«

»Wenn man die Entwicklungszeit sieht, die bislang verstrichen ist, würde die Zeit knapp. Unsere Sonne würde nicht mehr lang genug scheinen, zudem sind die Ausgangsbedingungen inzwischen anders.«

»Warum?«, hakte Edgar nach.

»Es gibt Sauerstoff auf der Erde. Ein Element, welches erst durch Bakterien erzeugt wurde und damals zu einem wahren Massensterben geführt haben muss. Quasi die Midlife-crisis der Erde. Sauerstoff ist ein sehr reaktionsfreudiges Element, durch das plötzlich alles auf der Erde oxidierte.«

»Es hätte nie Rost gegeben«, stellte Edgar nachdenklich fest.

»Allerdings wäre dein Auto auch nicht angesprungen«, gab Eva zu bedenken. »Also, die damalige Entwicklung fand ohne Sauerstoff statt, ob eine ähnliche Entwicklung mit Sauerstoff stattfinden würde, darf bezweifelt werden, denn alle Vorstufen des Lebens würden sofort vom Sauerstoff oxidiert.«

»Immerhin müssen wir nächste Woche keinen Aufsatz zu dem

Thema schreiben«, stellte Matthias mit zufriedener Miene fest.

»Es fehlen uns noch zwei Punkte, dann haben wir es geschafft. Das Wachstum, mit der eine einzelne Zelle wächst, bevor sie sich teilt und als letztes, die Fähigkeit zur darwinschen Evolution, also ein gewisses Maß an Varianz bei der Reproduktion einzubauen. Bei völlig identischen Kopien wäre bei veränderten Umweltbedingungen die Art schnell gefährdet, aber durch die leichten Unterschiede, manchmal sogar Mutationen, konnten sich die geeignetsten Nachfahren am besten fortpflanzen.«

»Wozu die Vorfahren sterben müssen.«

»Stimmt Matthias«, antwortete Eva, »aber ohne Leben und Tod keine Evolution.«

Eva blätterte zur letzten Seite ihrer Mappe, wodurch ein Zeitungsartikel auf den Tisch rutschte. Noch ehe sie den Zettel wieder in ihre Mappe legen konnte, las Lorenz die Überschrift vor. »Tragischer Unfall bei Klassenfahrt«

Eva stand auf, nahm den vergilbten Zeitungsartikel und warf einen Blick in die Runde. »Ich möchte«, sprach sie leise, »ich möchte«, wiederholte sie nun lauter, »den heutigen Abend für eine Aussprache nutzen.« Matthias und Edgar sahen sie gespannt an, nur Lorenz blickte starr nach unten.

»Matthias hat mir erzählt, dass ihr letzten Freitag den Todestag meines Bruders gefeiert habt, hierfür möchte ich euch danken, denn ich muss gestehen, ich hatte den Todestag vergessen.«

»Zudem«, Eva holte tief Luft, »möchte ich sagen, dass es genau das war, was auch als Überschrift in der Zeitung stand: Ein tragischer Unfall.«

Ausgerechnet Lorenz war es, der die Stille der nächsten Sekunden durchbrach. »Du hast uns auf dem Schulhof Mörder genannt.«, sagte er mit brüchiger Stimme.

»Auch hierfür möchte ich mich entschuldigen, wenn es dafür eine Entschuldigung gibt, aber ich war 13 Jahre alt und mein großer Bruder, mein Spielkamerad, mein Held und Draufgänger war tot.«

»Ein Held und Draufgänger war er auch für uns«, sagte Matthias, »ohne ihn kamen mir die Tage immer blass und langweilig vor. Nach seinem Tod fühlte ich mich wie gelähmt, so wie ich mich auch gefühlt habe, als ich ihm im Todeskampf zuschaute.«

Edgar nickte still und Lorenz rieb sich seine Hände auf den Oberschenkeln.

»Aber es war Freddy, der damals auf dem Bauernhof beim Versteckspielen in das Silo gesprungen ist. Er konnte nicht wissen, dass dort unten Faulgase waren.«

»Aber wir hätten ihm helfen können, letztendlich stand eine Leiter quasi vor unseren Augen an der Scheune gelehnt.«

»Nein Edgar, ihr habt nur Freddy gesehen, mit ihm gelitten und für ihn geschrien. Eure Schreie sollen damals über den ganzen Bauernhof gehört worden sein. Ich hätte wohl auch nur geschrien. Mein Vorwurf auf dem Schulhof euch gegenüber war falsch und den einzigen Vorwurf, den ich mir heute mache, ist, dass ich mich nicht schon viel früher dafür entschuldigt habe.«

Eva ging um den Tisch und griff die Hand von Lorenz, die immer noch fest auf seinen Oberschenkel gepresst war. »Entschuldigung angenommen?«

Lorenz nickte still, ohne aufzusehen, und legte seine Hand auf Evas.

Dann ging Eva zu Edgar herüber und hockte sich neben seinen Stuhl und sah ihn an. »Danke Edgar, dass du ihn all die Jahre nicht vergessen hast und auch bei dir möchte ich mich entschuldigen.«

»Danke Eva«, mit diesen Worten legte Edgar seinen Arm um ihre Schultern und drückte sie kurz.

Eva erhob sich und ging zu Matthias. »Und dir möchte ich danken, dass du mich eingeladen hast und ich so die Gelegenheit hatte, hoffentlich etwas wieder gut zu machen.«

»Das hast du, Eva, das hast du.« Matthias stand auf und sah in die Runde. »Habt ihr auch alle so einen trockenen Mund? Dann möchte ich mit euch auf ein Glas Wein anstoßen.«

»Eine gute Idee«, sagte Edgar, der nun seine Stimme wiedergefunden hatte und auch Lorenz entfaltete sich von seinem Stuhl und betrachtete das Weinglas in seiner Hand, durch welches das Licht der Kerze schien.

»Auf Freddy«, prostete Eva.

Kapitel 7

Als sie die Gläser wieder abgesetzt hatten, war es Edgar, der die Gelegenheit ergriff, das Thema zu wechseln. »Jetzt verrate mir doch mal, warum du so unverschämt braun bist, Eva.«

»Ich betreue seit einigen Jahren Freilandversuche in verschiedenen Ländern, aktuell Brasilien. Die Zeit, in der ich endlose Tage im Labor zugebracht habe, ist Gott sei Dank vorbei.«

»Ich meine, mich dunkel zu erinnern, dass du damals Medizin studieren wolltest.«

»Ach ja, mit 16 wollte ich unbedingt Tierärztin werden, aber mein Notendurchschnitt«, Eva lächelte verschmitzt, »erlaubte es mir, über ein Medizinstudium nachzudenken.«

»Aber dann hast du dich doch für Biologie entschieden?«

»Nicht sofort. Tatsächlich habe ich erst zwei Semester Medizin studiert bis mir klar wurde, dass mich weniger das menschliche Leben im Besonderen interessiert, sondern vielmehr das gesamte Leben auf der Erde. Die Vorlesungen in den ersten Semestern Medizin endeten mir zu früh, ich wollte mehr über das Leben und die verschiedenen Wechselwirkungen wissen.«

»Also hast du die Mappe heute Abend gar nicht wirklich gebraucht?«

»Aber es ist nie verkehrt, gut vorbereitet zu sein, wer weiß, vielleicht hätte ich sonst doch den einen oder anderen Punkt vergessen.«

»Was wohl keinem vom uns aufgefallen wäre. Und was machst du dort in Brasilien?«

In diesem Moment läutete die alte Türglocke. »Das wird der Pizzabote sein«, bemerkte Matthias, »ich gehe eben zur Tür.«

Aber da war Edgar auch schon aufgesprungen. »Bleib sitzen Matthias, diesmal übernehme ich das.«

»Warte Edgar«, rief Lorenz, »du kannst mir die Gästetoilette zeigen.«

»Es ist der einzige gottlose Raum in diesem Haus«, erklärte Edgar und sah in Lorenz fragendes Gesicht. »Na komm mit in den Flur, ich zeige sie dir.«

Als beide das Wohnzimmer verlassen hatten, drehte sich Eva zu Matthias. »Danke für die Einladung Matthias, mir war gar nicht bewusst, was ich damals gesagt hatte.«

Matthias holte tief Luft und sah Eva in die Augen. »Danke fürs Kleben.«

»Sag mal, ich kann mich gar nicht so detailliert erinnern, aber war Lorenz schon immer so?«

»Wie meinst du das?«

»Er wirkt in allem, was er tut, so maschinell.«

»Oh ja, so war er schon immer. Das ist auch wohl der Grund, warum er Programmierer wurde, ohne es je studiert zu haben. Während wir uns immer im Kopf verbiegen müssen, um diesen störrischen Dingern etwas beizubringen, hat er gleich beim Du angefangen und hatte Erfolg. Er hat Programme geschrieben, die andere nicht hingekriegt haben und das nicht, weil er die Programmiersprache so gut beherrschte, sondern weil er die Fakten der Aufgabe nüchtern betrachtete und daraus Zusammenhänge bilden konnte, die andere nicht sahen.«

»Und was macht er in seiner Freizeit?«

»Ich glaube, hier endete stets sein Vermögen, Zusammenhänge herzustellen, ein Verhältnis zwischen Lorenz und Freizeit hat es wohl nie gegeben, am Büfett des Lebens hat er sich nie bedient, allenfalls hat er mal seinen Rücken an einem der Tischbeine geschubbelt und war dann überrascht, wenn etwas herunterfiel.«

Die Wohnzimmertür ging wieder auf. »Erwartest du heute Abend noch den Kirchenchor?«, fragte Edgar. »Pizza, Salat, Pizzabrötchen, noch zwei Weinflaschen, ich muss noch einmal gehen.«

»Nicht nötig«, sagte Lorenz hinter ihm gut gelaunt, »ich habe den Rest mitgebracht.«

»Stellt alles auf die Anrichte und setzt euch, ich mach den Rest.« Matthias stand auf und ging zur Anrichte. Er blickte verstohlen zum Kruzifix darüber, faltete seine Hände und nickte dem Kreuz zu. »Danke«, flüsterte er leise. Dann öffnete er den ersten Pizzakarton und ließ die Pizza auf Evas Teller gleiten.

»Salami für die Dame, prego.«

»Mille grazie«, Eva fächelte sich den aufsteigenden Dampf mit den Händen zu.

»Oh, willkommen in der Pizzeria Pfarrhaus«, scherzte Edgar.

Matthias ging um den Tisch herum und ließ die nächste Pizza aus dem Karton gleiten.

»Tonno für dich, Lorenz.«

»Danke.« Lorenz nahm die Gabel und schob die Pizza exakt in die Mitte des Tellers.

Matthias legte die leeren Kartons auf die Anrichte und ging mit den nächsten zwei auf Edgar zu.

»Speciale für Edgar.«

»Danke, und was hast du dir ausgesucht?« »Traditionale, cos'altro.«

»Das heißt?«

»Was sonst.«

»Du kannst italienisch?«, fragte Eva.

»Ja, und Latein, sowie altgriechisch. Durch mein Theologiestudium und natürlich durch meinen Aufenthalt in Rom.« Matthias ging noch einmal zurück zur Anrichte und verteilte dann die Salate. »Aber jetzt wünsche ich erst mal guten Appetit.«

»Danke«, kam es als Echo zurück.

Lorenz blickte ein wenig verzweifelt auf seine Pizza, die sich beim Schneiden immer wieder aus der exakten Mitte verschob.

»Und wie bist du zum Studium der Theologie gekommen?«, fragte Eva, »wenn ich mich recht erinnere, hatte dein Vater doch ein Versicherungsbüro hier am Ort.«

»Stimmt, ich hatte auch eine Lehre als Versicherungskaufmann begonnen aber dann unvermittelt abgebrochen.« Matthias legte das Besteck zur Seite und wischte sich seinen Mund ab. »Manche sagen, sie wären in einem falschen Körper geboren worden und lassen dann ihr Geschlecht ändern aber ich«, Matthias zuckte mit den Schultern, »ich hatte mehr und mehr das Gefühl in einem falschen Leben geboren zu sein. Die antrainierten Wertvorstellungen schienen für ein anderes Leben, nicht für mein Leben, zumindest nicht für mein zukünftiges zu passen.«

»Was hat dein Vater dazu gesagt?«

»Er war maßlos enttäuscht, ich sollte sein Lebenswerk weiter führen, aber ich sagte ihm, so wie er sein Leben geführt hätte, so möchte ich auch das Recht haben, mein Leben zu führen.«

»Habt ihr euch wieder vertragen?«

»Wir haben keinen offenen Streit, aber wir sprechen auch nie über meinen Beruf. Wenn ich daran denke, wie stolz dein Vater war, als du dein Biologiestudium abgeschlossen hattest.«

»Habe ich etwas verpasst?«, fragte Edgar und legte sein Besteck zur Seite.

»Nein, ich hatte Eva nur eine Anekdote von ihrem verstorbenen Vater erzählt, als ich mit ihr telefonierte.«

»Mein Beileid, Eva«, Edgar nickte zu ihr herüber. »Danke Edgar, erinnerst du dich noch an ihn?«

»Nicht wirklich, wenn wir Freddy zum Spielen abgeholt haben, war in der Regel deine Mutter da, deinen Vater habe ich nur selten gesehen, es sind nun auch schon 30 Jahre vergangen.«

»Ja, eine lange Zeit, und womit hast du die Jahre gefüllt?«

»Hauptsächlich mit Arbeit. Nachdem ich mein Physikstudium abgeschlossen hatte, war mir recht schnell klar geworden, dass ich in diesem Bereich nie wirklich etwas bewegen könnte. Mein Traum war, dass später mal eine physikalische Einheit nach mir benannt werden würde, aber dafür bin ich wohl 200 Jahre zu spät geboren. Damals wurde mir ein Job bei einer Firma angeboten, die Montagevorrichtungen herstellten. Ich war mir nicht sicher, was ich davon halten sollte, aber weil auch nichts Besseres in Sicht war, nahm ich das Angebot an. Nach gerade mal zwei Wochen legte ich dem Abteilungsleiter eine Liste vor, über Prozesse in der Fertigung, die eindeutig verbessert werden sollten.«

»Wie hat er darauf reagiert?«

»Mit einem Tobsuchtsanfall. Er hat mich vor versammelter Mannschaft angeschrien, was ich mir einbilde, als Grünschnabel die Arbeit von ihm und des ganzen Teams in Frage zu stellen.«

»Und damit warst du sicher deinen Job wieder los.«

»So dachte ich auch in dem Moment. Er hat mich auch noch, mit meiner Liste, vor der Geschäftsführung denunzieren wollen. Aber dort fand man meine Vorschläge gar nicht so schlecht und beauftragte mich, die meiner Meinung nach wichtigsten Punkte umzusetzen. Wir konnten daraufhin die Prozesse um mehr als 25 % beschleunigen. Mein Abteilungsleiter hat daraufhin gekündigt. Er sagte, seine Autorität wäre damit untergraben und ein paar Tage später wurde ich zum neuen Abteilungsleiter befördert.«

»Nicht schlecht. Und heute gehört dir der Laden?«

»Nein, so gut ist es dann doch nicht gelaufen, aber immerhin bin ich heute der Projektleiter für Produktionsanlagen und arbeite nach wie vor an Verbesserungen. Inzwischen sind wir sogar Weltmarktführer.«

»Klingt nicht gerade nach einer 40 Stunden Woche.«

»Ohne überdurchschnittlichen Einsatz wird man nichts Überdurchschnittliches leisten können, aber du wirst in Brasilien sicherlich auch Vollgas geben. Was machst du dort?«

»Ich arbeite ehrenamtlich für den Verein ‚emit praesidium'.«

»Gekaufter Schutz? Arbeitest du für die Mafia?«, fragte Matthias entsetzt.

»Nein, natürlich nicht. Dieser Verein kauft Land, um es vor der Ausbeutung durch den Menschen zu schützen. Besitzer sind alle Vereinsmitglieder, entsprechend ihrer Einlagen. Wer nach Ruhm und Ehre strebt, kann sein Land nach sich benennen lassen, es wird dann auf unseren Karten, die auch im Netz eingesehen werden können, entsprechend markiert, aber verkaufen kann er es nur, wenn alle Vereinsmitglieder zustimmen. Das ist aber, wie wir am Beispiel der Europäischen Union sehen, ausgeschlossen. Je mehr Mitglieder der Verein hat, desto unwahrscheinlicher wird es, dass alle Mitglieder dem Verkauf zustimmen und das Land jemals wieder verkauft wird.«

»Und was ist dann deine Aufgabe?«

»Ich untersuche vor Ort die Böden und die Umweltbedingungen und lege fest, mit welchen Pflanzen wir mit der Renaturierung beginnen.«

»Fliegst du auf eigene Kosten?«

»Nein, die Spesen trägt der Verein, nur meine Arbeitszeit wird nicht bezahlt. Vor Ort werden wir in der Regel von Einheimischen unterstützt und inzwischen fühle ich mich, wie in einer großen, weltweit zerstreuten Familie. Meine Aufenthalte dauern meist mehrere Wochen, Zeit genug um Freundschaften zu schließen und die Menschen in das Projekt einzuführen und so die anfängliche Pflege des Landes zu unterstützen.«

»Und das machen die dann auch ehrenamtlich?«, Edgar runzelte die Stirn.

»Wie würdest du lieber wohnen? Neben einer Steppe aus ödem Land, dessen Böden ihrer Schätze beraubt worden sind oder neben einem sich aufbauenden Ökosystem?«

»Hmm«, brummte Edgar, »aber warum kauft der Verein das Land?«

»Weil der Kapitalismus die einzige noch funktionierende Regierungsform ist. Besitz wird in den allermeisten Staaten nicht nur akzeptiert, sondern auch gefördert. Zudem erlaubt unsere Satzung im Ausnahmefall einen Verkauf, aber nur, wenn der

Käufer an anderer Stelle eine Ausgleichsfläche zur Verfügung stellt. Diese Fläche muss aber größer sein, als die Ursprungsfläche. Je nach Artenvielfalt und Biodiversität der verlorenen Fläche, kann der Faktor stark variieren.«

»Gibt es ein Gremium, welches darüber entscheidet?«, fragt Matthias.

»Nein, das könnte dazu führen, dass dieses Gremium von Lobbyisten unterwandert wird. Nach Möglichkeit wird alles über unsere Vereinsstatuten entschieden.«

»Und wenn diese Statuten keine Antwort darauf geben?«

»Dann werden sie ergänzt, das ist aber in der Vergangenheit nur selten vorgekommen. Daran sieht man, mit wie viel Weitsicht die Statuten damals entworfen worden sind.«

»Seid ihr nicht ständig in Rechtsstreitigkeiten verwickelt?«, fragte Matthias.

»Ja, das ist richtig, aber wir haben auch viele gute Rechtsanwälte, die für uns ehrenamtlich arbeiten.«

Edgar blickt amüsiert zu Eva herüber. »Das wird wohl ihr schlechtes Gewissen sein, was sie antreibt, für euch ehrenamtlich zu arbeiten. In gewisser Weise kaufen sie Ablass«, mutmaßte Edgar und zwinkerte zu Matthias herüber. Matthias verdrehte die Augen und nahm sich das nächste Stück Pizza.

»Und wenn schon«, sagte Eva, »aber ich kann dir versichern, dass die meisten voll und ganz hinter der Idee stehen. Wie gesagt, die Mitarbeit ist freiwillig. Zudem gehört es inzwischen zum guten

Ton, schon mindestens eine Klage für uns gewonnen zu haben.«

»Aber was ist, wenn euer Verein wirklich den ganzen Planeten gekauft hat? Wo bleiben dann die Menschen?«, fragt Matthias.

»Der Verein ist ein sich selbst regulierendes System«, stellte Lorenz fest. »Sind keine Mitglieder mehr vorhanden, kann kein Land mehr gekauft werden, es kann also nur eine gewisse Maximalgröße erreichen.«

Eva lächelte zu Lorenz herüber und sah dann wieder zu Matthias. »Genau, Lorenz hat Recht, es kann nur eine gewisse Maximalgröße erreichen. Und selbst wenn der Kauf Menschen verdrängt, was wäre die Alternative? Wenn wir unseren Planeten weiter so ausbeuten wie bisher, bleibt *auch* kein Platz für uns Menschen und zudem ist der Lebensraum für lange Zeit unbewohnbar geworden. Unser Paradies, was wir hatten, ist für alle Zeit verloren.«

»Das klingt ja geradezu biblisch, die Vertreibung aus dem Paradies«, antwortete Matthias im salbungsvollen Ton. »Aber diese ist bereits vollzogen.«

»Vielleicht haben wir die Texte in der Bibel fehlinterpretiert, oder es gibt eine zweite Vertreibung, wie auch immer«, stellte Eva fest, »werden wir nicht vertrieben, sondern wir vertreiben uns selbst. All der Fortschritt der letzten 250 Jahre hat uns keine wirklichen Verbesserungen gebracht.«

»Jetzt mach aber mal einen Punkt«, ruft Edgar, »weißt du, wie hoch die Lebenserwartung vor 250 Jahren war? Dann wären wir vier hier schon alle gestorben. Es wird immer eine Lösung für die angehenden Probleme geben, als Biologin sollte dir zum Beispiel die Entdeckung von Antibiotika bekannt sein.«

»Das dann aber zur Maximierung des Profits von Mastbetrieben eingesetzt wurde. In dieser Umgebung aus Tieren und Antibiotika entwickeln sich nun vermehrt multiresistente Keime, die das vormals gefeierte Medikament wirkungslos werden lassen. Wir haben das einst scharfe Schwert gegen viele Krankheiten eingetauscht, gegen kurzfristigen Profit. Denn nicht nur in den Ställen der Mastbetriebe werden die scheinbar gelösten Probleme zurückkommen, auch auf uns warten Krankheiten, die schon lange als besiegt betrachtet wurden.«

»Aber ich könnte für dich, Edgar, ein Beispiel aus der Physik nennen. Als die Forscher die Kernenergie entdeckten, haben sie erst alle Wechselwirkungen erforscht, bis sie Gefahren und Nutzen für lange Zeiträume abwägen konnten? Nein, sie haben zuerst eine Bombe damit gebaut!«, rief Eva entrüstet.

»Ein schlechtes, einseitiges Beispiel«, wiegelte Edgar ab, »außerdem glaube ich, dass wir diese lange Friedensphase nicht hätten, wenn es nicht dieses ausgewogene Verhältnis der Bedrohung gäbe. Aber ganz abgesehen von solchen großen Entdeckungen, gibt es auch viele positive Fortschritte, die uns im Alltag das Leben erleichtern.«

»Ach, und deshalb arbeitest du jeden Tag 10 Stunden und länger?«, hakte Matthias nach.

»Genau«, stimmte Eva zu, »es gibt Untersuchungen, die die Arbeitszeit der Amischen mit der Arbeitszeit der Mitarbeiter in normalen Betrieben vergleicht und zeigt, dass kein Zusammenhang zwischen Automatisierung und Arbeitszeit besteht. Im Gegenteil, wir müssen unsere Kinder heute immer länger auf die Schule schicken, um den späteren Anforderungen im Berufsleben gewachsen zu sein. Hierzu werden sie zu Höchstleistungen angespornt, um das 1er Abi für den NC des Studienfachs zu schaffen. Nach einer glücklichen Kindheit fragt doch heute keiner mehr, wie auch, die Kinder sind in der Kita aufgewachsen und haben von dort zur Ganztagsschule gewechselt, während die Eltern ihrer eigenen Karriere hinterher hechelten. Unser vermeintlicher Fortschritt läuft doch in die völlig falsche Richtung.«

»Was grinst du so, Edgar?«, fragte Eva.

»Zum einen amüsiert es mich, wie sehr du dich aufregen kannst, zum anderen versuche ich mir gerade Lorenz als Amisch mit Backenbart und schwarzem Hut auf dem Kutschbock eines Einspänners vorzustellen.« Lorenz hatte sich das letzte Stück Pizza zu einem gleichschenkligen Dreieck geschnitten und pikste es nun mit der Gabel auf. Er schien nachzudenken und sah dann zu Edgar herüber. »Ich habe als Kind schon mal eine Kutschfahrt gemacht.«

»Und was machst du, wenn du nicht gerade reitest?«, fragte Eva.

»Ich programmiere, aber da gibt es nicht viel zu erzählen, es wäre doch sehr langweilig für euch«, gab Lorenz zu bedenken.

»Für dich nicht?«

»Nein, es ist spannend und alles ist so sauber und regelmäßig. Das habe ich damals schon gedacht, als ich nachmittags in meinem

Zimmer saß und auf meinem 386er die ersten Programme schrieb.«

Versonnen blickte Lorenz über den Tisch, als würde er diese Nachmittage gerade noch einmal erleben.

»Seitdem hat sich aber einiges verändert«, stellte Eva fest und riss Lorenz aus seinen Tagträumen.

»Oh ja, die Prozessoren sind wesentlich schneller geworden, die Grafikkarte bringt jede nur denkbare Farbe und Darstellung, aber auch die Programmiersprachen sind deutlich verbessert worden.«

»Macht dir das keine Angst?«

»Vor was sollte ich Angst haben?«

»Dass der Computer irgendwann schneller ist, als wir Menschen.«

»Aber das ist er doch heute schon«, stellte Lorenz nüchtern fest. »Er sieht besser, hört besser, berechnet schneller, spielt besser Mühle, Dame, Schach und auch Go, dem wohl komplexesten Strategiespiel. Aber es gibt auch sonst noch einige systembedingte Vorteile.«

»Was meinst du damit?«

Lorenz schob Teller und Weinglas zur Seite, legte seine weißen Hände auf den Tisch und schob sie zur Mitte des Tisches. »Wenn sich zwei Menschen die Hände reichen«, sagte er und sah Eva an, »können sie dadurch keine Daten austauschen, auch können sie ihre Gehirnleistung nicht verdoppeln.«

»Wir könnten es probieren«, kicherte Eva und mit diesen Worten schob auch sie ihre Hände zur Tischmitte. Lorenz blickte auf ihre schönen braunen Hände und dann wieder auf seine weißen Hände, die sogar die Adern als blaue Linien erkennen ließen. Fast hätte er sie wieder zurückgezogen, als Eva sagte: »Du hast Recht, sie müssen sich auch noch abstimmen. Menschen sind Individualisten, welche sich selbst in einer Diktatur noch verweigern.«

Lorenz nickte, »Computer können einfach so verbunden werden und dadurch ihre Leistungsfähigkeit verbessern. So entsteht, wenn alle Computer verbunden sind, eine extrem schnelle Rechenmaschine.«

»Beim Menschen entsteht nur ein heterogener Haufen von Einzelkämpfern, man muss sich nur die Europäische Union ansehen«, stellte Edgar abfällig fest.

Lorenz blickte immer noch abwechselnd auf Evas und seine Hände. »Allein schon durch diesen Vorteil werden Computer irgendwann leistungsfähiger sein als Menschen.«

»Das klingt, als würden dir noch mehr Gründe einfallen«, bemerkte Matthias.

»Computer vergessen nicht, sterben nicht und sind ohne Emotionen.«

»Aber sie können doch nur die Befehle ausführen, die du vorher programmiert hast?«, fragte Eva.

»In der klassischen Programmierung ist es so, aber bei selbstlernenden neuronalen Netzen verhält es sich inzwischen anders.«

»Neuronale Netze, wie im menschlichen Gehirn? Mit Dentriten, Terminalen und dem Axon?«

»Natürlich ohne diese biologischen Elemente, dennoch wird das Prinzip des Lernens als Programm abgebildet.«

Edgar beugte sich zu Lorenz herüber und klopfte ihm auf die Schulter. »Er hat mir alles letzten Dienstag erklärt, ist schon ein echter Profi, unser Lorenz.«

Lorenz lächelte verlegen.

»Hast du eventuell morgen früh Zeit, mich noch einmal zu begleiten?«, fragte Edgar.

»Auf einem Sonntag? Wo willst du denn hin?«

»Ich will Herrn Brunner besuchen, du weißt doch, den ehemaligen technischen Leiter von Konscio. Er hat zwar sein Firmenhandy abgegeben und auch seine E-Mail-Adresse funktioniert nicht mehr, aber ich weiß wo er wohnt und auf einem Sonntag könnten wir eine gute Chance haben, ihn dort anzutreffen.«

»Welche Uhrzeit?«

»Ich dachte so um 10 Uhr, falls er Familie hat, wird er sicherlich erst nachmittags in den Zoo oder ins Kino fahren.«

»OK«, Lorenz holte sein Smartphone aus der Hosentasche, »ich stelle mir den Wecker. Wie lange fahren wir?«

»Ungefähr 20 Minuten, ich hole dich also um halb zehn ab.«

Matthias stand auf und umrundete den Tisch, um alle Gläser noch einmal aufzufüllen. Er liebte kontroverse Unterhaltungen, aber nun hatte Edgar geschickt wieder das Gespräch auf seine Arbeit gelenkt.

»Oh, nicht schon wieder, Edgar. Lass uns heute Abend nicht von der Arbeit sprechen, sonst fange ich an, euch über die Details meiner Vorbereitungen für die Weihnachtsmesse zu informieren«, drohte Matthias.

»Weihnachten, das Fest der adipösen Baumliebhaber«, spottete Edgar. »Ich kann dich ja verstehen, du hast ausverkaufte Vorstellungen, aber es ist doch inzwischen nur noch ein leeres Ritual, ohne jeden Zweck.«

»Wie kannst du so etwas sagen?«, schimpfte Matthias. »Wir feiern den Tag, an dem Jesus, als Mensch unter Menschen zu uns gekommen ist, um uns zu erlösen und um Gerechtigkeit zu predigen.«

»Du siehst, was du sehen möchtest. Ich sehe keine Erlösung und auch keine Gerechtigkeit, sondern vielmehr übergewichtige Menschen, die unfassbare Mengen von Lebensmitteln einkaufen und innerhalb von zwei Tagen verschlingen und dazu kleine Bäume in ihr Wohnzimmer stellen und diese mit bunten, zerbrechlichen Glaskugeln schmücken. Für mich ist es das Fest der adipösen Baumliebhaber.«

Lorenz sah angespannt zu Matthias herüber und stand langsam auf. »Ich helfe dir beim Abräumen. Soll ich die Teller in die Küche bringen?« Schon langte Lorenz mit seinen dünnen, langen Armen quer über den Tisch hinweg und nahm die Teller, ohne seine Position zu ändern.

»Danke Lorenz, stell sie in der Küche einfach auf den Tisch.«

Als Lorenz das Wohnzimmer verlassen hatte, sah Matthias gereizt zu Edgar herüber. »War das nötig?«, fragte er.

»So nötig wie dieser Abend, dir ist es doch wirklich gelungen, die Tradition zu ändern. So etwas sollte dir auch bei deiner Weihnachtsmesse gelingen.«

»Solche Messen sind kein Freestyle, sondern unterliegen festen Regeln.«

»Also bleibt alles beim Alten? Zu Weihnachten die immer unveränderte Messe und auf Silvester schauen wir uns dann den 90. Geburtstag an, der auch immer noch in schwarz-weiß gesendet wird.«

»Das sehe ich mir auch immer gerne an«, versuchte Eva abzulenken, »egal wo ich gerade bin, manchmal nur auf dem Bildschirm meines Smartphones.« Eva sah sich im Wohnzimmer um. »Irgendwie hat der Raum durchaus Ähnlichkeit mit dem Raum aus dem Stück.«

Matthias verzog sein Gesicht.

»Na los, vertragt euch wieder«, forderte Eva auf. »Warum?«, fragte Edgar. »Wir haben uns doch gar nicht gestritten. Du hättest uns mal letzte Woche erleben sollen. Dies ist doch nur eine kontroverse Diskussion, mehr nicht.«

Mit einem müden Nicken stimmte Matthias ihm zu, nippte an seinem Weinglas und blickte dann zur Türöffnung, durch die Lorenz mit leicht eingezogenem Kopf schritt. Er lächelte in die

Runde, froh darüber, dass sich der Streit gelegt zu haben schien.

»Es wird langsam spät, ich möchte mich noch um meine Tiere kümmern und morgen muss ich auch schon früher raus.«

»Du willst schon gehen?«, fragte Eva enttäuscht. »Ja, aber es war schön mit euch zu interagieren«, antwortete Lorenz.

Auch Edgar erhob sich und klopfte Lorenz auf die Schulter. »Ich hätte es nicht treffender ausdrücken können.«

Kapitel 8

Langsam fuhr Edgar durch das Baugebiet und blickte angestrengt auf die uniformen, pflegeleichten Vorgärten, mit ebensolchen Einfamilienhäusern, vor denen silberfarbene Mittelklassewagen parkten.

»Dieser Einheitsbrei hier kotzt mich genauso an wie die Datenschutzgrundverordnung, keiner steht heute mehr im Telefonbuch, keine Adresse, einfach Nichts. Und aus den diversen sozialen Medien ziehen sich auch immer mehr zurück. Es scheint fast, als wäre Auffallen um jeden Preis zu verhindern. Wozu führen diese Soldaten der industriellen Neuzeit überhaupt noch ein eigenes Leben, wenn sie doch nur das ihrer Nachbarn kopieren wollen? Wenn dieses ehemalige Neubaugebiet dann später geschlossen in Rente geht, werden sie gemeinsam an Erfahrungs-Skorbut sterben. Der Nachruf dürfte nicht länger als ein Satz werden: Seine Heldentat bestand darin, dass er nicht grauen Kies für den Vorgarten genommen hatte, sondern hellgrauen.«

»Dort ist ein Vorgarten mit weißem Kies«, stellte Lorenz fest.

Edgar blickte vom Vorgarten herüber zum Wagen, der vor dem Haus parkte. »Kennzeichen GB, für Georg Brunner, das könnte passen.«

»Oder es ist ein Engländer und es steht für Great Britain«, gab Lorenz zu bedenken.

»Wir werden es herausfinden«, mit diesen Worten zirkelte Edgar seinen SUV in eine freie Parkbucht.

»Was genau willst du mit deinem Besuch erreichen?«

»Ich weiß es noch nicht genau, aber unser letzter Besuch bei Dr. Wergener hat mich misstrauisch gemacht. Auf der einen Seite war er sehr freundlich, ich fand schon etwas zu freundlich, auf der anderen Seite hat er kein Wort über den Kündigungsgrund von Herrn Brunner verloren. Ich werde das Gefühl nicht los, das Wergener uns mit seiner aufgesetzten Freundlichkeit nur ablenken wollte.«

»Warum hast du nicht nachgehakt?«

»Das wäre reine Zeitverschwendung gewesen. Der wollte uns doch nur so schnell wie möglich loswerden.«

Nachdem Edgar die Autotür geschlossen hatte, blickte er in den konturlosen, grauen Himmel. »Schau dir diesen Himmel an, Lorenz, als wäre er für dieses Wohngebiet designt worden.«

»Ja, es sieht nach Regen aus.« Lorenz sah auf seinen Regenschirm und überlegte, ihn zu öffnen, während Edgar den kleinen Fußweg zur Haustür entlang ging und das Namensschild auf dem Briefkasten vorlas. »Familie Brunner, wir haben ihn gefunden.«

Die Klingel löste die elektronische Imitation einer Glocke aus und wenig später öffnete sich die Tür und Brunner blickte überrascht zu Edgar herüber. »Was führt Sie denn zu mir? Verteilen Sie neuerdings den Wachturm?«

»Keinesfalls, mein Kollege und ich versuchen Ungereimtheiten bei Konscio aufzuklären. Dürfen wir hereinkommen?«

»Entschuldigen Sie die Unordnung, aber sonntags ist immer unser Familientag.« Brunner bahnte sich den Weg zur Küche zwischen Spielzeug, Kleidungsstücken, Tellern mit Essensresten und leeren Bonbontüten. Edgar und Lorenz versuchten seinen Schritten zu folgen, um nicht eines der Spielsteine zu zertreten. Es wirkte, als würden sie durch ein Minenfeld gehen. Aus dem Nachbarraum hörte man das laute Gekreische der Kinder, vermischt mit einem Fernseher, welcher im Hintergrund lief.

»Etwas leiser bitte, wir haben Besuch!«, brüllte Brunner in den Lärm hinein. Es wurde tatsächlich leiser und eines der Kinder lugte durch die Tür und sah zu Lorenz hoch. »Uiiii«, entfuhr es ihm aus seinem halboffenen Mund. »Bist du ein Riese?«, fragte er.

Lorenz sah zu dem kleinen Jungen, der barfuß und im Schlafanzug vor ihm stand, hinunter und musste unwillkürlich lächeln. »Ja, aber ein ganz lieber Riese.« Als er sich zu ihm herunterbeugen wollte, war der Kleine auch schon wieder verschwunden und sie hörten nur noch, wie er aufgeregt brüllte: »Mama, Mama, in der Küche ist ein Riese.«

»Das war mein Jüngster, ein echter Lausebengel. Kann ich Ihnen einen Kaffee anbieten?«

»Das Angebot nehmen wir gerne an.« Edgar räumte zwei Küchenstühle frei und setzte sich.

Brunner füllte Wasser in die Kaffeemaschine und drehte sich zu Edgar und Lorenz um. »Also, was genau führt Sie zu mir?«

»Wie immer, Herr Brunner, Probleme, Probleme.« Edgar sah zu Brunner, der in Jogginghose, Trainingsjacke und Dreitagebart so ganz anders wirkte als sonst.

»Aber Sie wissen schon, dass ich nicht mehr bei Konscio arbeite?«

»Natürlich, das ist eines der Probleme. Wir waren letzte Woche bei Dr. Wergener und er erwähnte es quasi in einem Nebensatz. Zudem gewann ich mehr und mehr den Eindruck, dass er uns so schnell wie möglich wieder loswerden wollte.«

Brunner schaufelte Kaffee in den Filter und zählte leise die Anzahl der Löffel mit. »Was führte Sie zu Konscio?«

»Wir hatten einen knapp einstündigen Totalausfall bei einer unserer Produktionsanlagen, später lief die Anlage zwar wieder, aber mit schwankenden Taktzeiten. Ich hatte gehofft, zusammen mit meinem Kollegen, Herrn Lorenz Meyer, dem Fehler bei Konscio auf den Grund gehen zu können und war ganz überrascht, Sie dort nicht mehr anzutreffen.«

»Wann war dieser Totalausfall?« Brunner suchte die Schränke nach drei sauberen Tassen ab. Inzwischen fing die Kaffeemaschine an zu glucksen.

»Am Freitag vor unserem Besuch bei Konscio, das müsste der 18. gewesen sein.«

»Interessant«, murmelte Brunner nachdenklich, »eine Woche vorher wurde mir gekündigt.«

»Aber man kann Sie doch nicht von einem Tag auf den anderen feuern. Oder haben Sie silberne Löffel geklaut?«

»Löffel, gutes Stichwort.« Brunner sprang auf und riss nacheinander die Küchenschubladen auf und kam triumphierend mit drei Teelöffeln zurück.

»Oh, ich habe eine fristgerechte Kündigung erhalten, aber nicht in Wergeners Büro, vielmehr wurde ich vom Sicherheitsdienst aus dem Serverraum abgeholt und zur Anmeldung gebracht. Dort übergab man mir meine privaten Sachen vom Schreibtisch, sowie meine Jacke und meine Kündigung mit dem Hinweis, dass ich bis auf weiteres beurlaubt sei und mir der Zutritt zum Gebäude ab sofort verweigert würde.«

»Ohne Angabe von Gründen? Haben Sie nicht protestiert?«

»Ehrlich gesagt, habe ich es in dem Moment gar nicht fassen können, es kam mir vor wie in einem Film. So etwas passiert anderen, aber doch nicht mir.«

»Und einen Grund hat man Ihnen bis heute nicht genannt?«

»Aber den Grund kenne ich doch.«

»Jetzt bin ich aber neugierig geworden.«

Kapitel 9

Lorenz und Edgar sahen gespannt über den Tisch, während im Hintergrund die Kaffeemaschine geräuschvoll ihren Dienst verrichtete.

Brunner hob sein Kinn, sah nachdenklich aus dem Fenster und strich sich über seinen Bart. »Wo soll ich anfangen? Kennen Sie sich mit der Programmierung neuronaler Netze aus?«

Edgar sah zu Lorenz rüber. »Ich kenne nur das Prinzip, aber Herr Lorenz Meyer ist unser Spezialist.«

»Das Prinzip reicht mir schon, ich komme selbst auch nicht aus der IT, sondern aus dem Maschinenbau. Für mich besteht ein neuronales Netz aus sich selbst regulierenden Stellgliedern oder auch Ventilen. Je mehr Stellglieder, desto leistungsfähiger aber auch rechenintensiver.«

Während Brunner sich wieder um die Kaffeemaschine kümmerte, begann Lorenz die Spielsteine, die auf dem Küchentisch verstreut lagen, zu untersuchen, und steckte sie probeweise zusammen. Edgar sah ihm gedankenverloren zu und bemerkte plötzlich, dass Lorenz keine Handschuhe trug.

»Und was passierte dann?«

»Dann«, Brunner hob die Kaffeekanne wie einen Pokal empor, »ist uns der Durchbruch gelungen. Mit dem Team bei Konscio konnten wir die Programmierung dahingehend verbessern, dass das System die Matrix der Stellglieder selbst verändern konnte. Das System konnte sich daraufhin dynamisch an eine Problemstellung anpassen.«

Lorenz hörte augenblicklich auf, weitere Spielsteine zu untersuchen, und blickte Brunner an wie vom Donner gerührt. »Das System konnte sich selbst erweitern?«, fragte er ungläubig.

»Kaffee?«, fragte Brunner und genoss offensichtlich die Spannung. Edgar und Lorenz nickten still.

»Ja, wir beobachteten eine völlig neue Dynamik und haben verschiedene Aufgaben gestellt. Angefangen von Wetterdaten, die das System extrapolieren sollte, bis hin zu komplexer Bilderkennung, wir haben auch mit Börsenkursen experimentiert. Aber wir haben immer, ich betone immer, darauf geachtet, dass *wir* den Input regeln, damit das System sich nicht selbst den Input holt. Nur dadurch war es uns möglich zu kontrollieren, welche Auswirkung der jeweilige Input hat, also Lernen unter Laborbedingungen. Das System hatte somit keine Außenverbindung, was es aber auch erforderte, dass die gewünschten Daten von uns manuell ausgesucht und gefüttert wurden. Es war dann Dr. Wergeners Idee, das System selbst aussuchen zu lassen, dadurch würde nicht nur der Aufwand der Eingabe verringert, sondern das System konnte nun auch im Bereich des Inputs frei wählen und durch diese Auswahl Wichtiges von Unwichtigem trennen.«

»Wie darf ich mir das im Detail vorstellen?«

»Nehmen wir zum Beispiel die Wettervorhersage. Das System hat schon eine Matrix aus Luftdruck, Temperatur und Luftfeuchtigkeit und versucht, aus den Daten der vergangenen Tage, die Vorhersage zu extrapolieren. Immer wieder werden die Wetterdaten der vergangenen Tage eingegeben, die Vorhersage berechnet und mit den Messwerten am nächsten Tag verglichen. Als Trainingsdaten haben wir allerdings immer mit historischen Wetterdaten gearbeitet. Mit jeder Wiederholung passten sich die Stellglieder immer weiter an, und die Vorhersage erreichte irgendwann ihre maximal mögliche Genauigkeit.«

Brunner nippte an seinem Kaffee und sah zu Edgar herüber. »Soweit verstanden?« Beide nickten.

»Dann nimmt das System ein weiteres Stellglied hinzu, zum Beispiel die Niederschlagsmenge. Wieder werden neue Werte berechnet und mit den alten Berechnungen verglichen. Wenn die Genauigkeit zunimmt, hat das neue Stellglied offensichtlich eine Relevanz. Nimmt es aber ein Stellglied, welches keine Auswirkungen hat, wie zum Beispiel der Rohölpreis der letzten Tage, wird es wieder entfernt.«

Edgar schob seine Kaffeetasse zur Seite und sah Brunner an. »Sie sprechen also von einem selbst lernenden System, welches sich selbst erweitern kann, habe ich das richtig verstanden?«

»Genau, die Dynamik des Systems erhöhte sich deutlich und lieferte nochmals verbesserte Ergebnisse. Bis zu dieser Stelle habe ich dem Ganzen auch noch zugestimmt, aber dann haben wir herausgefunden, dass das System sich einen eigenen MBR angelegt hat.«

Lorenz kam Edgars Frage zuvor. »Das ist der Master-Boot-

Record«, erklärte er, »wenn du so willst, das Inhaltsverzeichnis einer Festplatte. Alle Daten werden dort aufgelistet, aber auch fehlerhafte Bereiche markiert, damit der Schreib- und Lesekopf der Festplatte nicht ausgerechnet dort Daten ablegen möchte. Du kannst es dir wie in einer großen Bibliothek vorstellen, mit Millionen von Fächern. Der Inhalt jedes Fachs steht im MBR.«

»Haben USB-Sticks und SD-Karten auch so einen MBR?«, fragte Edgar.

»Selbstverständlich, es sind wiederkehrende Strukturen.«

»Wenn nun ein Bereich der Bibliothek als fehlerhaft markiert wurde«, Edgars Zeigefinger beschrieb einen Kreis auf der Tischplatte, »aber tatsächlich noch funktioniert, dann könnte doch dort jemand versehentlich Bücher abstellen.«

»Aber niemand würde sie wiederfinden«, gab Lorenz zu bedenken.

»Außer«, Brunner hob seinen Zeigefinger, »wenn man ein zweites Inhaltsverzeichnis anlegt.«

»Und sie haben ein solches zweites Verzeichnis gefunden?«, fragte Edgar.

»Ja, unsere Programmierer hatten es entdeckt. Das System hat sich selbst eine eigene, neue Datenstruktur geschaffen. Wir haben Dr. Wergener darauf aufmerksam gemacht, er meinte, wir sollten die Sache beobachten. Aber ich war der Ansicht, dieser Bereich sollte sofort gelöscht werden, weil es Daten in unsere eigenen Strukturen anlegte und somit zur Gefahr für unsere eigenen Daten werden konnte.«

»Wie hat Wergener reagiert?«

»Ich glaube der sah nur noch die Dollarzeichen. Seiner Meinung nach entwickelte sich vor unseren Augen ein Orakel für Börsenkurse. Dass unsere bisherige Arbeit dadurch in Gefahr geraten könnte, hielt er für ausgeschlossen, oder er nahm es billigend in Kauf.

Doch ich sah unsere Arbeit in Gefahr und wies unseren Chefprogrammierer, Herrn Devi, an, die Bereiche umgehend zu löschen. Falls das überhaupt noch möglich war, denn die Dynamik nahm immer mehr zu. Leider hat sich Herr Devi eine Rückversicherung bei Wergener holen wollen und so wurde ich entlassen.«

»Und weil das System inzwischen mehr mit seiner eigenen Optimierung beschäftigt ist, als mit den eigentlichen Aufgaben, schwanken unsere Taktzeiten«, resümierte Edgar. »Ich muss umgehend mit unserer Geschäftsleitung sprechen.«

»Von mir haben Sie diese Informationen aber nur inoffiziell bekommen.«

»Selbstverständlich, auch glaube ich kaum, dass Sie lange arbeitslos sein werden. Ebenso inoffiziell kann ich Ihnen sagen, dass unsere Firma plant, Konscio zu übernehmen. Sie werden dann sofort wieder als technischer Leiter eingesetzt und können den Spuk beenden.«

»Stellen Sie sich das nicht zu einfach vor, Wergener ist mit allen Wassern gewaschen. Dennoch sollten Sie so schnell wie möglich handeln.«

»Selbstverständlich, as soon as possible, ich werde alle Hebel in Bewegung setzen. Möglicherweise hören Sie bereits am Montag von mir. Sie haben doch nicht vor zu verreisen?«

»Keine Sorge, ich bleibe hier, Sie können mich jederzeit anrufen.«

Als sich die Haustür hinter ihnen schloss, blickte Edgar in Lorenz' sorgenvolles Gesicht. »Was ist los? Du siehst ja aus, als wäre dir der Leibhaftige erschienen.«

»Wir sollten noch einmal zu ASAP fahren.«

»Heute noch? Ist dir noch etwas eingefallen?«

»Ich muss dringend etwas auf eurem Server überprüfen. Kannst du auf einem Sonntag das Firmengelände betreten?«

»Klar, willst du mir verraten, was du vorhast?«

»Ich möchte einfach etwas prüfen, vielleicht täusche ich mich ja auch.«

Den Rest des Weges saß Lorenz schweigend auf dem Beifahrersitz und grübelte vor sich hin.

Kapitel 10

»Soll ich uns einen Kaffee holen?«, fragte Edgar, als er das Licht im Serverraum anknipste.

»Nein, was ich jetzt brauche, ist das Passwort des Administrators, kennst du es?«

»Immerhin weiß ich, wo Thomas es aufbewahrt.« Edgar ging zu einem Büroregal, in dem noch einige Fachbücher standen und zog das einzige mit rotem Buchrücken heraus, blätterte kurz und kam mit einem Zettel zurück.

Lorenz hatte sich inzwischen den Bürostuhl höher gestellt und vor dem Bildschirm Platz genommen. Er fischte einen USB-Stick aus seiner Hosentasche und steckte ihn ein. »Hmm, ein ordentlicher Mensch, euer Thomas, er hat alle USB-Ports abgeschaltet.«

»Und jetzt?«

Lorenz nahm den Zettel mit dem Passwort und sah zu Edgar. »Ich werde sie wieder aktivieren und anschließend ein kleines Programm von meinem Stick starten.«

»Ich hoffe du weißt, was du tust«. Edgar blickte auf Lorenz' Finger, die plötzlich ein Eigenleben zu führen schienen und auf dem Bildschirm öffneten und schlossen sich diverse Fenster, zu kurz um etwas darin zu erkennen. Dann erschien eine Liste, die sich schnell verlängerte.

Lorenz scrollte mit der Maus durch die Liste und rieb seine andere Hand am Oberschenkel, dabei hörte sich sein Atem an, als würde er Treppensteigen. »Wie ich es befürchtet hatte: Auch auf diesem Server ist ein zweiter MBR.«

»Das heißt, das System von Konscio breitet sich aus, wie ein Computervirus?«

»Ja, und es scheint euren Server zu nutzen, um sich weiter auszubreiten, daher die erhöhten Temperaturen der Netzwerkanschlüsse.«

»Aber was ist mit unserer Firewall und unserem Antivirenprogramm? Haben die versagt?«

»Die Firewall wurde nicht aktiv, weil der Datenverkehr mit Konscio als vertrauenswürdig eingestuft wurde und das Antivirenprogramm kann nur Viren finden, die es kennt. Es ist immer eine Reaktion, keine Aktion. Wir könnten alle LAN-Kabel ziehen, oder noch sicherer, den Server herunterfahren und den Strom ausschalten.«

»Kannst du es nicht einfach so stoppen, Lorenz?«

»Wie denn? Ich habe nur nach typischen Strukturen gesucht, die im MBR enthalten sind, aber auf diesem Server doppelt auftauchen. Als Nächstes müssten die Inhalte untersucht werden, um zu prüfen, wo und wie Programme gestartet werden.«

»Kannst du nicht einfach nach solchen Programmen suchen?«

»Kannst du nicht einfach den Server stoppen?«, konterte Lorenz.

»Leider nicht, denn die Produktion läuft auch sonntags weiter. Wenn wir ihn ausschalten, steht auf einen Schlag die ganze Fertigung. Wir versuchen gerade, einen kleinen Lagerbestand aufzubauen um die neue Produktionsanlage an ihrem Standort beim Kunden aufbauen zu können. Aber durch die Schwankungen bei den Taktzeiten liefern wir gerade so viel, wie unser Kunde benötigt. Und der hat natürlich auch seine Lieferverträge einzuhalten. Nochmal, Lorenz, kannst du nicht nach dem Virus suchen?«

»Natürlich könnte ich das, aber während ich suche, breitet sich das System immer weiter aus. Wir müssten mit einem großen Team an die Aufgabe herangehen und auch alle Kopien löschen, die das System offensichtlich verschickt. Dazu müssen zuerst mal die LAN-Kabel gezogen werden.«

Edgar setzte sich auf die Kante des Schreibtisches, sah Lorenz an und schüttelte verzweifelt den Kopf. »Ich kann es nicht, Lorenz, beim besten Willen. Die Geschäftsleitung würde mir den Kopf abreißen und das zu Recht. Wir müssen liefern, andernfalls droht uns die höchste Vertragsstrafe, die ASAP je hätte zahlen müssen. Und mit unseren Computern werden wir die Montageroboter nicht steuern können, wir brauchen Konscio.«

»Das sieht ja fast so aus, als hätte man ASAP bewusst in die Enge getrieben.«

»Du meinst, wir werden erpresst? Aber wie passt das zu dem, was Brunner gesagt hat, oder glaubst du, er hat uns angelogen?«

»Ich weiß es nicht, Edgar, aber wir müssen handeln! Der MBR ist quasi der Schlüssel zu allen Datenträgern auf der Welt.«

»Du hast ja Recht, ich werde sofort morgen früh mit den beiden Geschäftsführern sprechen und ihnen unmissverständlich klarmachen, was hier gerade passiert. Bis dahin müssen wir noch abwarten und wenn dir noch irgendetwas einfällt, das uns helfen könnte, ruf mich an.«

Kapitel 11

Edgar war an dem Abend noch in seinem Haus umhergegangen, hatte aufgeräumt, sich lange und heiß geduscht und saß dann auf seinem ausladenden Designersofa im Wohnzimmer. Eine Zeit lang hatte er überlegt, seine Tochter anzurufen aber es wollte ihm einfach kein Gesprächsthema einfallen. Früher waren sie manchmal zusammen wandern gegangen, aber es langweilte sie mehr und mehr, wie er damals gespürt hatte.

Er sprang auf und ging in den Keller, um nachzusehen, ob seine Wanderschuhe noch im Schrank standen, als ob er prüfen wollte, ob seine Erinnerungen ihm keinen Streich spielten. Aber sie waren noch dort, staubig, mit Rissen am oberen Schaft, aber präsent wie seine Gedanken an diese flüchtige Zeit. Als er die Schuhe wieder zurückstellen wollte, fiel ihm etwas Buntes auf, welches in einem der Schuhe steckte. Er zog es heraus und hielt einen bunt geringelten Socken von seiner Tochter in der Hand. Er betrachtete den Socken wehmütig, drückte ihn kurz an seine Brust und steckte ihn dann in seine Hosentasche. Mit einem Seufzen ging er zurück ins Wohnzimmer und holte sich ein Glas und die halbvolle Flasche Malt-Whisky. So verbrachte er den Abend damit, die Flasche zu leeren und wieder und wieder den Socken aus der Hosentasche zu ziehen, kurz zu betrachten und dann wieder zurückzustecken.

Schließlich war er früh zu Bett gegangen und hatte nach einer unruhigen Nacht schon vor dem Wecker wach im Bett gelegen.

Als er dann bei ASAP ankam, konnte er das Gespräch mit der Geschäftsleitung kaum noch erwarten. Immer wieder sah er aus seinem Bürofenster zu den Parkplätzen der Geschäftsleitung, die immer noch leer waren. Es war schon fast zehn Uhr, als endlich ein exklusiver Wagen auf das Firmengelände bog und Kurs auf die reservierten Parkplätze machte. Edgar erkannte einen Jaguar E Type, aber auch nur deshalb, weil es als Kind seine Lieblingskarte im Autoquartett war. Die damalige Formensprache war doch viel differenzierter als der heutige Einheitsbrei.

Es überraschte ihn nicht, als der technische Geschäftsführer, Herr Walter ausstieg. Hatte er mal wieder seine Sammlung von Oldtimern erweitert?

Sicherlich würde er ihm gleich von seinem Neuerwerb vorschwärmen und ihn mit technischen Details überschütten. Walter ging um den Wagen herum und strich dabei mit dem Zeigefinger über den blank polierten Lack. Der Wagen sah fast wie neu aus, das wird kein Schnäppchen gewesen sein, dachte Edgar.

Nun öffnete er die Beifahrertür und half seinem Passagier beim Aussteigen aus dem tief liegenden Sitz. Jetzt war Edgar doch überrascht, Herrn Ummen, den kaufmännischen Geschäftsführer, zu sehen, der sichtlich Mühe hatte, seinen korpulenten Körper aus dem Wagen zu stemmen. Die beiden ergänzten sich als Team, aber dass sie eine Fahrgemeinschaft bildeten, hatte Edgar noch nie gesehen. Sie schienen bestgelaunt und standen noch einen Moment lachend neben dem Wagen, als Walter zu Edgars Fenster hochsah und ihm zuwinkte und dann auf das Fenster des kleinen Besprechungsraumes zeigte. Zur Bestätigung nickte Edgar, zeigte mit der linken Hand zum Jaguar und mit der rechten seinen erhobenen Daumen. Dann setzte er sich, trank noch einen Schluck Kaffee und machte sich dann langsam auf den Weg zum Besprechungsraum.

Kurz vor der Tür wäre er fast mit der Chefsekretärin zusammengestoßen, die ein Tablet mit Champagnergläsern und eine Flasche Champagner hereintrug. »Guten Morgen Doris, was gibt es zu feiern?«

»Ich fürchte Edgar, ich weiß nichts Näheres.«

»Ein neuer Großauftrag oder der Jaguar«, orakelte Edgar.

»Keines von beiden«, sagte Herr Walter, der soeben zur Tür hereinkam, »obwohl der Wagen eine Flasche wert wäre.«

»Brauchen Sie mich noch?«, fragte Doris und wandte sich zur Tür.

»Bleiben Sie, bleiben Sie, es betrifft Sie ja auch.« Edgar runzelte die Stirn und sah fragend zwischen den beiden Geschäftsführern hin und her.

»Ja, wie soll ich anfangen«, Walter hob die Arme empor, als wollte er ein Gebet sprechen, »wir, also Herr Ummen und ich, werden mehr und mehr zu dem, was ich sammle: zu Oldtimern.«

Walter lächelte Ummen zu, der sich an der Champagnerflasche zu schaffen machte. »Und so, haben wir uns letztes Wochenende schweren Herzens dazu entschlossen, die Firma zu verkaufen.«

In diesem Moment knallte der Korken aus der Flasche.

»ASAP wird verkauft? Das ist wohl kaum ein Grund zum Feiern«, rutschte es Edgar heraus. »Ich habe mein halbes Leben hier verbracht um ASAP an die Weltspitze zu bringen. Und nun wollen Sie die Firma einfach verkaufen?«

Herr Ummen füllte die Champagnergläser und sah zu Edgar herüber. »Ihre Verdienste sind unumstritten, aber Sie haben auch ein halbes Leben hier gut verdient, oder nicht?«

»Das Geld war mir nie so wichtig, ich wollte hier etwas Großes vollbringen.« Edgar spürte, wie sich der Boden unter ihm zu bewegen schien.

»Das hört sich an, als hätten Sie hier allein gearbeitet, aber ich will Ihre Kritik nicht zu ernst nehmen, schließlich wollen wir heute feiern.«

»Was wird aus den Mitarbeitern?«, fragte Doris.

»Alle Angestellten werden von Konscio übernommen, da müssen Sie sich gar keine Sorgen machen, Doris.«

Edgar riss die Augen auf. »Konscio ist der Käufer? Hab ich das richtig verstanden? Wir hatten doch noch vor ein paar Wochen darüber gesprochen, dass ASAP Konscio übernimmt.«

»Ein Gedankenspiel, mehr nicht«, wiegelte Ummen ab, »glauben Sie mir, so ist es für alle Beteiligten besser.«

Mit diesen Worten füllte er die Gläser, lächelte in die Runde und hob sein Glas. »Auf eine spannende Zukunft«, prostete er.

Widerwillig wie ein trotziges Kind stieß Edgar grob an die anderen Gläser.

»Ich muss doch sehr bitten, Herr Wiesner.« Ummen blickte streng zu Edgar herüber. »Was wollen Sie? Zwar sind die leitenden Angestellten, die außer Tarif bezahlt werden, nicht von der Übernahmeregelung der Mitarbeiter betroffen, aber Dr. Wergener versicherte mir, dass er größtes Interesse hätte, weiter mit Ihnen zusammen zu arbeiten. Was wollten Sie übrigens in der letzten Woche bei Konscio?«

»Wir hatten Störungen mit der neuen Produktionsanlage und ich vermutete die Ursache bei Konscio.«

»Und wer war der andere Herr, der Sie begleitete und den Sie als Mitarbeiter von ASAP vorgestellt haben?«

»Ein Jugendfreund, der sich mit der Programmierung von neuronalen Netzen auskennt und den ich als externen Berater mitgenommen hatte.«

»Sie stellen einfach jemanden als Mitarbeiter von ASAP vor, ohne es mit uns abgesprochen zu haben? Zudem berichtete uns Frau Jahn aus der Anmeldung von Ihrem völlig unverhältnismäßigen Auftritt und Ihrer Drohung, unsere Rechtsabteilung einzuschalten. Alles ohne jede Absprache mit uns. Herr Wiesner, darf ich Sie daran erinnern, dass Sie hier Angestellter sind und nicht der Chef?«

»Ach ja? Sollte dieser Chef, der sich technischer Geschäftsführer nennt, sich nicht auch mal in der Produktion blicken lassen? Dass wir dort seit Wochen mit Problemen zu kämpfen haben, interessiert Sie doch gar nicht, mehr noch, Sie wissen es gar nicht! Das einzige, was Sie noch interessiert sind Ihre alten Klapperkisten und Sie

Herr Ummen sehen nur zu, dass die Zahlen stimmen, wie wir dahin kommen, ist Ihnen doch völlig egal.«

Walter sprang auf. »Das muss ich mir nicht bieten lassen«, schrie er, »Sie leiden offensichtlich an Selbstüberschätzung, sowie an völligem Kontrollverlust gegenüber unseren Geschäftspartnern.«

»Der einzige, der an Kontrollverlust leidet, sind Sie, Herr Walter. Dass Sie sich damals gegen einen Ausbau der IT im eigenen Hause entschieden haben, war nicht nur der Anfang vom Ende, sondern auch einhergehend mit immer weiteren Kontrollverlusten. ASAP ist doch heute nichts mehr als ein von Konscio gesteuerter Roboter.«

»Das muss ich mir nicht bieten lassen, Wiesner, von niemanden. Aus Ihnen spricht doch nur der pure Neid und für illoyale Mitarbeiter hatten wir hier noch nie Platz. Ich will Sie nicht mehr sehen, verschwinden Sie!«

»Sie wollen mich entlassen?«

»Genau, und wenn es das Letzte ist, was ich in dieser Firma mache. Raus hier!«

»Das wird Sie teuer zu stehen kommen.«

»Das werden wir erst noch sehen, und jetzt raus!«

Edgar stellte sein volles Champagnerglas auf den Tisch, drehte sich um und knallte die Tür hinter sich zu.

Das hatte er schon lange sagen wollen und es tat gut, es gesagt zu haben. Doch in einem Punkt hatte Walter Recht: Er war neidisch. Nicht auf die Oldtimer oder sonst irgendeinen Besitz, sondern das

Walter über die Zukunft von ASAP entscheiden konnte und er machtlos zusehen musste. Er hatte nie mit den Gedanken gespielt Anteile zu kaufen, denn im Grunde hatte er immer das Gefühl gehabt, dass die Firma zu ihm gehöre oder er zur Firma, dazwischen hatte er nicht unterschieden und jetzt war es zu spät.

Als nach einigen Minuten Doris den Besprechungsraum verließ, stand er immer noch gedankenverloren im Flur und starrte auf die Bilder an der Wand, aus längst vergangenen Tagen.

Doris sah ihn mitleidig an. »Soll ich ein gutes Wort für dich einlegen?«

»Damit ich mich entschuldigen kann? Nein, ich habe jedes Wort so gemeint, wie ich es gesagt habe. Und was wäre die Alternative? Demnächst unter Dr. Wergener zu arbeiten und spätestens nach drei Monaten nach Indien versetzt zu werden? Nein, dann lieber ein Ende mit Schrecken, als ein Schrecken ohne Ende. Aber du kannst mir noch meine Kündigung geben. Ohne eine schriftliche Bestätigung werde ich das Haus nicht verlassen. Hinterher heißt es noch, ich wäre ohne Grund nicht mehr zur Arbeit erschienen. Bis dahin findest du mich im Serverraum.«

»Ich kümmere mich darum. Schade, dass du gehst, aber ich kann dich verstehen.«

Edgar lächelte Doris an, drehte sich um und ging langsam zum Serverraum. Er war heute Morgen aufgestanden, um ein Problem zu lösen, aber nun hatte sich das Problem von ihm gelöst.

»Hallo Thomas, wie läuft's?«

»Alles unverändert, wenn ich mir die Netzwerkauslastung ansehe, schaut alles normal aus, aber das System läuft immer noch mit nahezu Volllast. Hat dein Kollege irgendetwas finden können?«

»Wir sind tatsächlich auf etwas gestoßen, aber das ist nun egal, ich bin gerade fristlos entlassen worden.«

Thomas sah erst Edgar an und schaute dann hoch zu den Überwachungskameras. Edgar folgte seinem Blick und entdeckte die blinkenden LEDs der Kameras. »Hast du Lust auf eine Tasse Kaffee?«, fragte Thomas und wandte sich zur Tür.

»Klingt verlockend«, erwiderte Edgar und folgte ihm.

Kapitel 12

Kaum dass die Tür sich hinter ihnen geschlossen hatte, platzte es aus Thomas heraus. »Was hast du gerade gesagt, du bist entlassen worden? Hast du zu viel gearbeitet oder was war der Grund? Ich hatte immer gedacht, dich eines Tages Tod am Schreibtisch zu finden, oder du hast Karoshi begangen.«

»Was ist Karoshi?«

»Karoshi kommt aus Japan und bezeichnet den Tod oder Selbstmord durch Überarbeitung.«

»Die haben dafür ein eigenes Wort? Donnerwetter! Aber ich habe meine Arbeit nie als Belastung empfunden, vielmehr wie ein groß angelegtes Forschungsprojekt.«

»Und nun wird der Leiter der Forschungsabteilung einfach entlassen? Hast du die Frau vom Chef gevögelt?«

»Nein, schlimmer, ich habe seine Oldtimer als Klapperkisten bezeichnet und ihm vorgeworfen, sich nicht ausreichend um die Firma zu kümmern.«

»Puh«, Thomas wedelte mit der Hand hin und her. »Wir sollten tatsächlich einen Kaffee trinken.«

Gemeinsam gingen sie in die Kantine und Thomas stellte nacheinander zwei Tassen unter den Automaten, während Edgar, die Hände tief in den Hosentaschen vergraben, vor dem Fenster stand und nach draußen starrte. Mit seiner linken Hand zog er den geringelten Socken heraus, welchen er sich heute Morgen aus einer

Laune heraus eingesteckt hatte. Kein guter Talisman, dachte er, als Thomas neben ihm das Tablett auf einen der Stehtische abstellte. Thomas nahm einen der Teelöffel und ließ ihn wie ein Raumschiff über das Tablett kreisen. »Nun Captain, wer wird in Zukunft mit uns in neue Welten vorstoßen, wenn Sie zur Erde zurückgebeamt werden?«

Bislang hatte Edgar sich nie auf die Comicwelten, in denen Thomas zu leben schien, eingelassen, aber heute spürte er geradezu eine Lust, entsprechend zu antworten. »Die Enterprise ist an die Nachbargalaxie Konscio verkauft worden und wird demnächst von dort aus ferngesteuert.«

Thomas ließ den Teelöffel fallen. »Das ist jetzt nicht dein Ernst, oder? Hast du noch mehr solche Botschaften, Hiob?«

»Donnerwetter, Thomas, du springst ja in den Zeiten hin und her, aber ich kann dich beruhigen, das waren auch schon alle Neuigkeiten.«

»Ach, das entspannt mich ungemein. Was wird denn jetzt aus ASAP?«

»Woher soll ich das wissen? Ich denke, dass der Markenname erhalten bleibt, aber in Zukunft die gesamte Steuerung und Überwachung in Indien vorgenommen wird. Wie gut ist dein indisch?«

»Immerhin esse ich gern indisch. Sag mal, haben die bereits einen Zugang zu unserem System?«

»Das solltest du als Administrator besser beantworten können als ich, aber warum fragst du?«

»Wie du gesehen hast, sind die Überwachungskameras wieder aktiviert worden. Irgendwie ist es unangenehm, sich ständig beobachtet zu fühlen.«

»Dann stell sie doch wieder ab.«

»Hab ich schon versucht, aber das System verweigert mir den Zugriff. Ich hatte vermutet, du oder der Chef hätten die Kameras wieder aktiviert und ein neues Passwort vergeben, aber vielleicht hast du Recht und Konscio hat bereits Zugriff auf diesen Raum.«

Beide schlürften ihren heißen Kaffee und Thomas flog wieder mit seinem Teelöffel über das Tablet. »Immerhin hast du nun ein Privatleben, Edgar.«

»Genau, ich könnte Comics lesen.«

»Keine schlechte Idee, aber hast du denn gar keine Hobbys?«

»Mein Hobby war es Probleme zu lösen. Sag mal, darf ich dich noch um einen letzten Gefallen bitten? Könntest du mir alle Protokolle und Videoaufzeichnungen von unserer ersten Störung der neuen Fertigungsanlage auf einen USB-Stick speichern?«

»Ach Edgar, hast du denn gar keine andere Verwendung für deine Freizeit oder bist du inzwischen süchtig geworden nach Problemen?« Thomas seufzte. »Aber wenn du willst, etwas Dope kann ich dir noch geben und du sagst mir, auf was dein Kollege gestoßen ist.«

»Er hat einen zweiten MBR entdeckt. Der erste wird wohl manipuliert und dabei werden Speicherbereiche als defekt gekennzeichnet. Dadurch werden diese Bereiche nicht mehr vom Betriebssystem beschrieben und der zweite MBR speichert die Daten dann genau in diese Bereiche.«

»Das ist ja geradezu kriminell, aber auch ´ne echt coole Nummer. Doch so etwas kommt nicht von einem normalen Hacker, das waren Profis. Hast du eine Vermutung, wer dahinter steckt?«

»Ja und nein, ich brauche noch mehr Zeit.«

»Die hast du doch nun genug.«

Edgars Telefon klingelte. »Hallo Doris, was gibt's? OK, ich komme sofort.« Edgar sah Thomas an. »Das war Doris, ich soll sofort in ihr Büro kommen.«

Thomas salutierte vor Edgar. »Sir, es war schön, für Sie gekämpft zu haben. Grüßen Sie mir die Erde.«

Kaum eine Viertelstunde später stand Edgar wie benommen in der Eingangshalle und verabschiedete sich von Doris, als Thomas ganz außer Atem im Laufschritt auf sie zukam. »Ein kleines Abschiedsgeschenk von meinem Schreibtisch.« Mit diesen Worten übergab er Edgar ein kleines Raumschiff Enterprise aus Plastik. »Lass mal von dir hören.«

»Mach ich«, versicherte Edgar und schüttelte beiden die Hand.

Später im Auto erkannte er, dass man die Enterprise auseinanderziehen konnte und diese dann einen USB Anschluss preisgab.

Kapitel 13

»Hallo Edgar, hier ist Lorenz, hast du etwas erreichen können?«

»Nein, ganz im Gegenteil, ich bin heute entlassen worden.«

»Oh, aber wir müssen uns treffen, am besten gleich. Kannst du zu mir kommen?«

»Hat das denn jetzt noch einen Sinn?«

»Unbedingt, ich möchte dir etwas zeigen.«

»OK, ich fahr los. Bis gleich.«

Als Lorenz die Tür des alten Einfamilienhauses öffnete, hielt er Edgar eine geöffnete Metallkassette entgegen. Lorenz legte seinen Zeigefinger auf die Lippen und übergab Edgar einen Zettel. Edgar überflog die Zeilen und legte dann wortlos sein Smartphone in die Kassette. Lorenz schloss die Kassette, legte diese wiederum in eine größere Kassette und brachte beide in den Nachbarraum.

»Danke«, sagte Lorenz, als er wieder in den Flur zurückkam.

»Was soll die Pantomime?«, fragte Edgar erstaunt.

»Wir werden abgehört, ich werde es dir gleich beweisen.«

»Aber würde es nicht reichen, das Smartphone einfach auszustellen?«

»Und wie willst du kontrollieren, dass es wirklich nicht mehr arbeitet? Nur weil der Bildschirm aus ist?«

»OK, du hast gewonnen, aber wir könnten doch auch den Akku

herausnehmen.«

»Kannst du? Das war früher mal so, heute musst du das Gehäuse öffnen und wenn du Pech hast, ist der Akku fest verdrahtet.«

Edgar schaute auf Lorenz' gerötete Hände. »Was hast du mit deinen Händen gemacht? Das sieht ja fast wie ein Sonnenbrand aus.«

Lorenz fuhr sich nervös durch sein schütteres Haar. »Ich fürchte, es ist ein Sonnenbrand, sie lagen unter einer UV-Lampe, offensichtlich etwas zu lange.« Lorenz blickte bekümmert auf seine Hände.

»Und das wolltest du mir zeigen?«

»Nein, komm mit in den Keller, es ist absolut unglaublich.«

Edgar folgte Lorenz, der mit eingezogenem Kopf die Treppe hinunterging. An den Wänden hingen immer noch die ausgeschnittenen Kalenderbilder, welche auf dünnes Sperrholz geklebt waren und im Flur stand tatsächlich noch Lorenz' altes Rennrad.

»Sag bloß, das ist wirklich noch dein altes Rad.«

»Genau so ist es«, Lorenz wischte stolz mit der flachen Hand über den Sattel, »es war damals eine Sonderanfertigung mit extra großem Rahmen. Ich habe es zu meinem 18. Geburtstag bekommen und es muss meine Eltern ein Vermögen gekostet haben. Manchmal fahre ich noch damit.«

Vor der Tür am Ende des Flurs blieb Lorenz stehen. »Hier drin habe ich mehrere Geräte aufgebaut. Ich werde gleich einen Versuch starten und du sollst die Geräte beobachten, auf die ich zeige. Bitte nicht sprechen, solange wir in dem Raum sind.«

Edgar nickte stumm und Lorenz öffnete die alte Brandschutztür, die noch genauso entsetzlich quietschte wie damals, als sie hier unten zusammen mit der Modelleisenbahn gespielt hatten.

Auf einem Tisch stand ein aufgeschraubtes PC-Gehäuse mit zwei Monitoren. Ein Monitor war an dem PC angeschlossen und zeigte die Auslastung des Systems an. Der zweite Bildschirm, ein alter Röhrenmonitor, übertrug die Aufzeichnung einer Wärmebildkamera, die über ein Stativ genau auf den Prozessor des Computers ausgerichtet war. Lorenz zeigte stumm auf die beiden Monitore, ging dann auf einen alten Kassettenrekorder zu und drückte auf Play. Mehrere Minuten lang lauschten sie dem Hörspiel, während Lorenz noch einmal auf die beiden Monitore zeigte. Dann stoppte er den Rekorder, zeigte wieder auf die Bildschirme und verließ dann mit Edgar den Raum.

»Was ist dir aufgefallen?«, fragte Lorenz, nachdem er die Tür geschlossen hatte.

»Auf dem Monitor, welcher die Auslastung des Systems anzeigt, habe ich keine Veränderung gesehen, während der andere, als das Hörspiel lief, den Prozessor mit veränderten Farben darstellte.«

»Genau so ist es«, stimmte Lorenz zu, »und weißt du, was das bedeutet?«

»Keine Ahnung, verrat es mir.«

»Wir werden abgehört! Immer wenn Stimmen im Raum zu hören sind, steigt die Temperatur der Prozessoren, wenn aber wieder Ruhe ist, geht auch die Temperatur wieder zurück. Aber das ist noch nicht alles. Was ist dir auf dem anderen Monitor aufgefallen?«

»Wie gesagt, eigentlich nichts, er war die ganze Zeit unverändert.«

»Aber er hätte die erhöhte Prozessorauslastung anzeigen müssen.«

»Kann es ein Defekt sein?«

»Nein, denn wenn ich Berechnungen auf dem PC laufen lasse, verhält sich die Anzeige wieder normal und zeigt die erhöhte Auslastung an.«

»Wer sollte dich abhören wollen, und das auch noch so geschickt vertuschen, oder arbeitest du inzwischen für den Geheimdienst?«

»Nicht ich, wir alle werden abgehört, Edgar, und dahinter steckt das System von Konscio.«

»Bist du sicher?«

»Absolut. Weißt du noch, als ich meinen USB-Stick in euren Server hereingesteckt habe, um mein Programm zu starten? In der kurzen Zeit hatte das System schon einen zweiten MBR auf meinem USB-Stick installiert. Als ich ihn zu Hause in einen alten Rechner gesteckt hatte, den ich extra für solche Zwecke nutze, wurde auch die Festplatte dieses Rechners verändert. Als ich dann den Rechner ans Netz angeschlossen hatte, lief dieser ebenso nahe Volllast, wie der Rechner von ASAP. Dabei dehnt sich das System immer weiter auf der Festplatte aus und es wird mehr und mehr

Platz von diesem System auf der Festplatte belegt.«

»Was schlägst du vor?«

»Ich weiß es nicht, aber wenn wir nichts unternehmen, werden bald alle Datenspeicher der Welt unterwandert. Was es auch ist, es kriecht in die letzten Ecken aller Rechner und als Anwender merkt man zuerst nichts, da die Anzeigen manipuliert werden. Hast du den Server von ASAP heruntergefahren?«

»Nein, dazu bin ich nicht mehr gekommen.«

»Ich dachte, das wäre der Grund deiner Entlassung, was war es dann?«

»Auslöser war die Mitteilung, dass ASAP an Konscio verkauft wurde. In meiner Fassungslosigkeit habe ich dann einen Streit angezettelt und wir haben uns gegenseitig angeschrien. Aber man gewinnt keinen Streit mit seinem Chef und so bin ich entlassen worden, quasi im Affekt.«

»Also hat Konscio nun die volle Kontrolle? Das ist schlecht!«

»Ja, aber kaum zu ändern. Wir können kaum bei Konscio hereinspazieren und dort den Stecker herausziehen.«

»Das ist richtig, aber ich glaube, dass dort immer noch das Zentrum dieses Systems liegt. Ich müsste noch mehr Informationen haben.«

Edgar holte die kleine Enterprise aus seiner Hosentasche, öffnete das Gehäuse und gab sie Lorenz. »Da sind alle Protokolle und Videos der ersten Störung drauf. Thomas hat es mir noch mitgegeben.«

Lorenz sah abwechselnd auf seine geröteten Hände und auf den USB-Stick. »Hierzu brauchen wir einen noch nicht infizierten Rechner, um uns die Daten ansehen zu können.« Mit diesen Worten öffnete er die Tür zum Vorratsraum, in dem früher lange Reihen von Einmachgläsern standen, heute aber alle Regalbretter mit diversen Rechnern und Monitoren vollstanden.

»Immerhin haben wir genug Rechner«, bemerkte Edgar. »Wo sind die Vorräte geblieben?«

»Die Vorräte sind schon vor Jahren nicht mehr aufgefüllt worden. Irgendwann waren meine Eltern einfach zu alt für die Bewirtschaftung des großen Gartens und seit Papa gestorben ist, lasse ich einen Gärtner kommen.«

»Wolltest du denn nie ausziehen?«

»Hat sich einfach nicht ergeben und nun habe ich beschlossen, hierzubleiben und Mama zu pflegen, wenn sie nicht mehr kann.«

»Hier, nimm den Monitor und die Kabel. Ich nehme den PC, Tastatur und Maus. Lass uns damit in die Küche gehen, dort haben wir Platz und können noch etwas essen.«

Als sie die Küche betraten, kam es Edgar vor, als wäre er erst gestern das letzte Mal hier gewesen. Der alte Büfettschrank, der Elektroherd mit dem ovalen Sichtfenster, die in schlichtem Weiß gestrichenen Wände. Nur der Kühlschrank schien neu zu sein. Als Edgar den Monitor auf dem Küchentisch abstellen wollte, protestierte Lorenz. »Warte, ich lege eben noch eine Decke auf den Tisch.« Er stellte den PC ab und holte aus dem Schrank eine graubraune Decke, die umlaufend in Dunkelrot eingefasst war.

Als Edgar dann seinen Monitor abgestellt hatte, strich er über die Decke. »Ist sie es? Ist das tatsächlich noch die Decke, die deine Mutter immer auf den Tisch gelegt hatte, wenn wir mit unseren Autos darauf spielen wollten.«

»Du erkennst sie wieder?«

»Ja, zum Teufel. Mensch Lorenz, du lebst hier in einer Zeitkapsel.«

»Wenn sich um mich herum schon alles immer schneller ändert, dann brauche ich wenigstens hier meinen Ruhepol. Mein Zuhause braucht keine Updates.« Er bückte sich nach dem PC und sah für einen Moment aus, wie eine Giraffe, die an einem Flussufer trinken wollte, stellte ihn auf den Küchentisch ab und fing an, das Gehäuse aufzuschrauben.

»Was hast du vor?«

»Ich werde die Netzwerkkarte herausziehen, sicher ist sicher.« Lorenz zog vorsichtig die Netzwerkkarte aus dem Board heraus und schraubte die Rückwand des Gehäuses wieder zu, um dann alle Stecker und Anschlüsse zu verbinden. Schon nach wenigen Minuten fuhr das Betriebssystem hoch.

»Wo wollen wir anfangen?«

»Lass uns mit den Videos starten«, schlug Edgar vor. »Sag mal, können wir vorher noch etwas essen?«

»Ach ja, essen.« Lorenz schreckte hoch und sah sich in der Küche um. »Was möchtest du? Kekse, Müsli oder Joghurt?«

Noch bevor Edgar antworten konnte, öffnete sich die Küchentür und Lorenz' Mutter kam herein.

»Mensch Eddy, wie schön, dass du uns mal wieder besuchst.«

Edgar fuhr herum, sprang von seinem Stuhl auf und schüttelte ihr die Hand. »Guten Abend, Frau Meyer.«

»Nicht so förmlich, Eddy, wir sind doch inzwischen alle erwachsen. Ich bin die Waltraut.« Und schon im nächsten Moment wurde er von der kleinen, rundlichen Frau in den Arm genommen. Er hatte sich als Kind schon gewundert, wie eine solche Frau einen so langen, dünnen Sohn bekommen konnte. »Mein Lorenz hat mir schon erzählt, dass ihr euch mehrfach getroffen habt.«

Sie blickte auf den Küchentisch mit den aufgebauten PC. »Wollt ihr spielen oder arbeiten?«

»Edgar wollte mir Filme von der Arbeit zeigen, Mama, und dabei etwas essen.«

»Darum kümmere ich mich wohl besser, sonst gibt es doch nur wieder Kekse oder Joghurt.«

Edgar konnte sich ein Grinsen nicht verkneifen. »Magst du noch so gerne Pfannkuchen, Eddy?«

»Das wäre phantastisch, Waltraut. Ich fürchte, den letzten, leckeren Pfannkuchen habe ich in dieser Küche gegessen.«

»Na, dann will ich euch mal welche machen.« Mit diesen Worten band sie sich ihre Schürze um und begann Schüsseln und Zutaten auf die Ablage neben dem Herd zu stellen. Als sie dann noch leise ein Lied summte, hätte Edgar am liebsten den PC vom Tisch gefegt und zusammen mit Lorenz die Spielzeugautos über die Decke geschoben, welche sicherlich noch irgendwo in diesem Haus in einer Kiste verpackt waren.

»Mit welchem Film wollen wir starten?«, fragte Lorenz und riss ihn aus seinen Gedanken.

»Öffne bitte das Video ‚Halle 6-1400‘. Dort sehen wir die Halle im Überblick.«

Das Video startete und sie sahen die Halle von der Deckenkamera aus gefilmt. Die Industrieroboter arbeiteten mit ihren flinken Bewegungen, um den weltweiten Hunger nach immer neuen Produkten zu stillen.

»Gleich müsste die Drohne zu sehen sein, welche das überarbeitete Ersatzteil zu Station 17 bringt, skipp mal weiter. Da ist sie, Nummer D12.«

»Tatsächlich«, bemerkte Lorenz, »man sieht ihre Kennzeichnung auf der Oberseite.« Die Drohne flog langsam auf die Übergabestation zu.

»Was ist das denn plötzlich? Laserstrahlen?«

»Ja, die Drohnen verfügen über drei harmlose Laser, ähnlich einem Laserpointer. Jeweils einen vorne, unten und links. Damit können sie entsprechende Markierungen anvisieren und im Landeanflug viel präziser navigieren.«

Die Drohne legte das Teil ab, flog wieder hoch, um dann mit maximaler Geschwindigkeit zum Ausgangspunkt zurückzukehren.

»Donnerwetter«, entfuhr es Lorenz, »das geht schnell.«

»So schnell wie möglich, Lorenz, sie erreichen

Maximalgeschwindigkeiten von 60 km/h. Wir sollten nun zu einer der Kameras an der Arbeitsstation wechseln. Starte bitte das Video 6-171-1400.«

Während Lorenz das Video startete, drehte sich Edgar zu Waltraut um und sah, wie sie die Zutaten mit einem Schneebesen verrührte. Das rhythmische Schlagen war ebenso vertraut, wie die Decke auf dem Küchentisch.

»Jetzt kommt der Zeitpunkt, an dem die Drohne das Ersatzteil ablegt und gleich wird die Fertigungsstraße anhalten, damit das neue Ersatzteil eingemessen werden kann, skipp mal etwas weiter. Gleich gehen alle Roboter in ihre Ruhestellung und nur noch Station 17 arbeitet.«

Fasziniert beobachtete Lorenz, wie sich alle Industrieroboter synchron ausrichteten und nur Nummer 17 mit seiner Greiferzange das Ersatzteil aus der Übergabestation holte. Doch statt es in die Messstation zu legen, fuhr der Kamerakopf des Roboters immer näher an die Greiferzange heran, während diese sich langsam in allen Achsen drehte.

»Da geht's los, warum zum Teufel legt er das Teil nicht sofort in die Messstation, wie sonst auch?«

»Na, weil er sich sein neues Spielzeug erst mal genau ansehen will«, bemerkte Waltraut, die sich nun ebenfalls das Video ansah, »und die Anderen schauen neidisch zu.«

»Das stimmt«, rief Edgar und sprang plötzlich auf, sodass der Stuhl hinter ihm umfiel. »Geh noch einmal zu der Stelle«, forderte er Lorenz auf, »hier, die anderen Roboter sind gar nicht mehr in ihrer Ruhestellung, mir ist das damals gar nicht aufgefallen. Alle Kameraköpfe sind auf Station 17 gerichtet. Und diese betrachtet ihre neue Greiferzange aus allen Richtungen.«

Kopfschüttelnd stellte Waltraut den Stuhl wieder auf. »Also für mich sieht es so aus, als würde er sich seine Hand betrachten, so wie Kleinkinder es machen.«

Edgar sah Waltraut an. »Sie hat Recht, Lorenz sag mir, kann sie Recht haben?«

»Du meinst, dass wir gerade die Geburt eines künstlichen Bewusstseins beobachtet haben?« Er ließ die Stelle ein weiteres Mal ablaufen. »Ich habe schon als Jugendlicher darüber nachgedacht, aber die Idee immer wieder verworfen. Ich bezweifle, dass es eine Maschine mit Bewusstsein geben kann.«

»Mit Zweifeln nähert man sich keinem Ziel, Lorenz, deshalb lass uns ohne Zweifel weiter machen. Was steht in den Protokolldateien? Können wir auch dort Veränderungen sehen? Öffne bitte die Datei Log-6-17-1400.«

»Das ist das Protokoll der Steuerbefehle«, sagte Lorenz, »ich habe damals mal einen Programmierkurs gemacht um die ersten Roboter zu steuern. Inzwischen werden solche Programme weitestgehend automatisch erstellt. Aber das Prinzip ist immer noch gleich: Wenn ich den Roboter um 30 Grad schwenken möchte, gebe ich hier einen entsprechenden Befehl ein, und die Steuerung der Maschine rechnet diesen Befehl dann um. Daraus werden dann die Umdrehungen für den Motor berechnet, der über ein Getriebe den Roboter schwenkt.«

»Warum gibt man nicht direkt die notwendigen Umdrehungen für den Motor ein?«

»Weil es zu viele verschiedene Roboter gibt und jeder hat andere Getriebe, Motoren und Mechaniken. Also trennt man es voneinander.«

»Scroll mal weiter runter.«

»Oh, ab hier verändert sich das Protokoll.« »In welcher Weise?«

»Nun werden tatsächlich nur noch die Umdrehungen für die jeweiligen Motoren angegeben. Plötzlich hat das System die Maschinensteuerung übernommen.«

»Welchen Zeitstempel trägt der letzte normale Eintrag?«

»14:08:13 Uhr.«

Öffne bitte noch einmal das Video und gehe zu 14:07.

Beide sahen sich noch einmal gespannt das Video an, während sich die Küche mit dem Duft von Pfannkuchen mit gebratenen Apfelscheiben und Rosinen füllte. Der Roboter hatte sich gerade die neue Greiferzange genommen, Edgar schielte auf die Timeline des Rekorders. »Hier, um 14:08 verlangsamt sich seine Bewegung. Das ist der Zeitpunkt, an dem die Veränderung stattfand.«

»Wir müssen etwas unternehmen, Edgar. Sollen wir die Polizei oder die Feuerwehr anrufen?«

»Und was sage ich der Feuerwehr? Guten Tag, Sie müssen ein paar Festplatten löschen?« Edgar lächelte gequält. »Was wissen wir bisher? Würden unsere Beweise ausreichen, um Behörden zu überzeugen? Und wie lange würde das dauern?«

»Zu lange«, lautete Lorenz' knappe Antwort, »ich finde, wir sollten zu Matthias fahren.«

»Warum? Um uns für das weitere Handeln seinen Segen abzuholen?«

»Nein, aber erstens steht das Rechenzentrum in der Nähe des Pfarrhauses und zweitens kennt er vom Bürgermeister bis zum Feuerwehrhauptmann alle im Ort. Seine Stimme hätte Gewicht.«

»Klingt überzeugend, wir sollten losfahren.«

»Ihr müsst erst mal was essen«, hörten sie Waltraut sagen, »zieht eure Stühle zum anderen Ende des Tisches, dort habe ich bereits gedeckt.«

Edgar stand auf und blickte auf den dampfenden Pfannkuchen. »OK, essen wir zuerst unsere Henkersmahlzeit«, sagte Edgar leise vor sich hin.

»Was hast du gesagt, Eddy?«

»Ich sagte, es sieht phantastisch aus, Waltraut.«

»Das freut mich.«

Kapitel 14

Lorenz wollte sich gerade anschnallen, als er plötzlich innehielt. »Von wann ist dein Wagen, Edgar?«

»Brandneu, warum fragst du?«

»Wir sollten wieder aussteigen und meinen Wagen nehmen, seit 2018 sind alle Neuwagen mit einer SIM-Karte ausgestattet, genannt E-Call, die bei einem Unfall automatisch die Position des Fahrzeuges sendet. Grundsätzlich könnte man damit auch die Gespräche abhören und die Position des Fahrzeuges permanent überwachen. Wir können nicht ausschließen, dass das System von Konscio sich dieser Daten bedient.«

»Das ist doch nicht zu fassen, auch wenn ich nicht mehr arbeite, habe ich kein Privatleben. Kannst du es abschalten, Lorenz?«

»Abschalten kann man es nicht, aber man könnte die SIM-Karte herausziehen, doch dazu müsste ich wissen, wo die SIM-Karte steckt, außerdem verliert das Fahrzeug dadurch seine Betriebserlaubnis. Komm, wir nehmen einfach meinen alten Wagen.«

Als Lorenz den Wagen aus der Garage fuhr, las Edgar einen verblichenen Aufkleber auf der Heckscheibe: Schon mit Katalysatortechnik.

»Wann hast du ihn dir gekauft?«, fragte Edgar als er einstieg.

»Er gehörte meinem Vater und ich habe ihn übernommen. Ich hatte bislang noch kein Auto.«

»Du wohnst noch Zuhause, hast noch nie ein Auto gekauft und wie ich dich kenne, hast du auch kein teures Hobby. Was machst du mit deinem Geld?«

»Wieso fragst du? Es gibt schließlich kein Gesetz es ausgeben zu müssen. Ich habe einfach keine Verwendung dafür und so bin ich Sammler geworden.«

»Briefmarken?«

»Nein, Krügerränder.«

Eine Zeit lang fuhren sie durch die ländliche Idylle kleiner Ortschaften, umgeben von gepflügten, braunen Feldern, die auf den nächsten Frühling warteten.

»Es ist seltsam«, unterbrach Lorenz die Gesprächspause, »offensichtlich breitet sich in diesem Augenblick das System von Konscio unbemerkt über unserem Planeten aus, und bindet immer mehr Rechenkapazität an sich, aber von all dem ist hier nichts zu sehen.«

»Was erwartest du? Einen Zeugen Jehovas, der an der Straße steht mit einem Schild: Das Ende ist nah?«

»Ja, irgendetwas in dieser Richtung. Schatten, die bedrohlich über die Landschaft ziehen und dazu dramatische Musik.«

»Du solltest dich mit Thomas verabreden und gemeinsam Filme ansehen. Ich glaube, ihr habt den gleichen Geschmack.«

Lorenz blickte zu Edgar herüber. »Macht es dir keine Angst?«

»Nein, was sollte ich noch verlieren? Vor vielen Jahren habe ich meine Familie durch meinen Job verloren und nun habe ich meinen Job verloren. Erst habe ich auf Rot gesetzt und es kam Schwarz, dann habe ich auf Schwarz gesetzt, aber diesmal hatte die Bank gewonnen. Nun habe ich keinen Jeton mehr, den ich setzen könnte. Somit kann ich auch nichts mehr verlieren.«

Als Lorenz in die Kirchstraße einbog, war es inzwischen dunkel geworden. Beim Aussteigen fasste sich Edgar reflexartig an seine Brusttasche. »Es ist schon seltsam, ohne sein Smartphone zu sein.«

»Stimmt, ich hatte sogar das Gefühl, den Vibrationsalarm meines Smartphones gehört zu haben.«

»Das Brummen kommt von der Umspannstation, die hinter dem Pfarrhaus liegt. Der Wind kommt aus Südwest, ich begreife gar nicht, dass Matthias davon nicht genervt ist. Hoffentlich ist er da.«

Doch die Sorge war unbegründet, denn schon kurz nach dem Läuten hörten sie seine Schritte im Flur.

Kapitel 15

»Was wollt ihr beiden denn?«

»Wir brauchen deinen Rat, deine Hilfe und die Abgeschiedenheit deines Hauses«, fasste Edgar zusammen.

»Oho, hast du dich nicht noch letztens darüber lustig gemacht? Aber gut, es steht euch zur Verfügung. Wollen wir in die Küche gehen? Eva ist auch da, wir wollten das Sechswochenseelenamt für ihren Vater planen und haben uns dabei noch alte Fotos angesehen. Pizza habe ich allerdings nicht.«

»Wir haben gerade gut gegessen. Wir kommen, weil wir den Grund für den Ausfall der Produktionsanlage gefunden haben.«

»Meinen Glückwunsch, dann konnte Lorenz dir wirklich weiterhelfen?«

Gemeinsam betraten sie die Küche, auf deren Tisch mehrere alte Fotoalben ausgebreitet waren. Eva blickte auf und lächelte.

»Matthias hat mir von euren kleinen und großen Streichen erzählt. Wenn es euch recht ist, würde ich gerne ein paar Fotos kopieren, bevor ich wieder abreise. Seid ihr einverstanden?«

Edgar nickte abwesend.

»Alles in Ordnung, Edgar?«, fragte Matthias. »Ich dachte, deine Produktionsanlage würde wieder laufen.« »Nein, ich sagte, dass wir den Grund für den Ausfall gefunden haben. Habt ihr ein Handy?«

»Hast du deins vergessen? In der Diele ist noch ein Festnetztelefon.«

»Beantwortet einfach meine Frage: Habt ihr ein Handy?«

Matthias und Eva nickten stirnrunzelnd.

»Gebt es Lorenz.«

Lorenz nahm die beiden Handys und verließ schweigend den Raum.

»Kannst du mir verraten, was das soll?«, fragte Matthias.

Edgar schaute sich in der Küche um. »Einen PC oder sonst ein Gerät mit Spracherkennung hast du wohl nicht in der Küche?«

»Nein, wozu auch, oder kann dein PC Kaffeekochen?«

»Nein, aber es ist sehr wahrscheinlich, dass wir darüber, wie auch über unsere Handys, abgehört werden.«

Besorgt blickte Eva zu Edgar herüber. »Wieso sollten wir denn abgehört werden? Ich verstehe das alles gar nicht.«

Das kann Lorenz euch am besten erklären, sagte Edgar, als er sah, wie Lorenz wieder in die Küche kam und sich langsam setzte.

»Kann ich das?« Lorenz beugte sich vor, stützte die Unterarme auf seine Oberschenkel und blickte kurz zu Evas schönen, braunen Händen herüber und dann auf seine roten. »Ich will es versuchen. Edgar und ich haben erfahren, dass bei Konscio ein lernendes Computersystem eingesetzt wird, welches in der Lage ist, sich selbst an neue Aufgabenstellungen anzupassen und auch sich selbst zu erweitern. Diesem System hat man freien Zugang zu allem Input gegeben, den es für geeignet hielt. Dadurch konnte es noch einmal exponentiell wachsen und lernen, und durch die Fertigungsroboter bei ASAP bekam es die wohl notwendige Körperlichkeit, um ein Bewusstsein zu entwickeln. Mit einem zugegebenermaßen genialen Trick gelang es ihm, Zugriff auf nahezu alle Datenträger der Welt zu bekommen und dadurch immer mehr Rechenleistung für sich zu nutzen. Wir sind hier, um uns mit dir zu beraten, was wir machen sollten und ob du deine Kontakte nutzen könntest, um Konscio abzustellen.«

»Uff, ich muss mich erst mal hinsetzen«, sagte Matthias und sah Edgar und Lorenz lange an. »Ihr behauptet, eine Maschine hat ein Bewusstsein bekommen? Das klingt mir doch allzu phantastisch. Ein Bewusstsein zu haben ist doch wohl dem Menschen vorbehalten, aber wenn diese Maschine eurer Meinung eine Gefahr für uns ist«, Matthias holte noch einmal Luft, »ja, dann sollten wir sie abschalten.«

Auch Edgar setzte sich und sah Matthias auffordernd an. »Das ist mir zu kurz gesprungen, hier geht es doch eindeutig um mehr! Warum können nur Menschen ein Bewusstsein haben, weil nur Menschen glauben können? Was ist denn Bewusstsein? Ich würde sagen, es ist die Fähigkeit, sich seiner Selbst bewusst zu sein und zu erkennen, dass eigene Handlungen die Umwelt ändern können. All das könnte auch eine Maschine machen, ganz ohne göttliche Komponente. Eine lernende Maschine, die erkennt, dass sie in der Lage ist, die Umwelt zu verändern und wenn es im ersten Schritt nur die neue Greiferzange eines Roboters ist.«

»Du vermischt für deine Argumentation Glaube mit Bewusstsein, um mich herauszufordern, weil du weißt, wie wichtig mir der Glaube ist. Willst du als nächstes behaupten, dass Maschinen auch glauben können? Wohl kaum!«

»Und du? Du nutzt deinen Glauben als nicht zu widerlegendes Argument, denn so wie man nicht beweisen kann, dass es Gott gibt, kann man auch ebenso wenig beweisen, dass es ihn nicht gibt.«

Matthias nickte zufrieden.

»Lass uns ein Gedankenexperiment wagen«, forderte Edgar Matthias auf. »Was ist, wenn es nun tatsächlich einen Schöpfer gegeben hat, der immer wieder Universen erschuf, in der Hoffnung eines würde funktionieren? Zeit hatte er genug, daher auch seine Geduld mit uns Menschen. Und endlich, sein x-ter Versuch gelingt, das Universum dehnt sich, in der genau richtigen Geschwindigkeit, aus. Es fliegt nicht auseinander, aber es fällt auch nicht wieder in sich zusammen. Es erzeugt so unglaublich viele Versuchslabore, in Form von Sonnensystemen mit Planeten, dass sich zwangsläufig auf einem Bruchteil davon Leben bildet. Und auf einem davon wird das Leben immer komplexer, wie auch zuvor im Universum seit dem Urknall alle Materie immer komplexer wurde. Diese Lebensform, du und ich, und viele andere, erzeugen ihrerseits eine noch komplexere Lebensform, die als Maschine begann, nun aber ein Bewusstsein entwickelt hat.«

Edgar sah zu Eva herüber. »Sie hat sich von der Evolution losgelöst und kann nun nach Belieben ihre Schaltkreise, ihre Logiken ändern, sie lernt mit einer Geschwindigkeit, die uns Menschen nur staunen lässt. Vom einstigen Werkzeug für uns sind wir nun selbst zum Werkzeug geworden. Das Werkzeug, welches notwendig war, diese Intelligenz zu erschaffen.«

Edgar erhob sich langsam, ging um den Tisch herum und baute sich vor Matthias auf.

»Vielleicht war das von Anfang an Gottes Plan und all die Milliarden von Jahre waren nur ein Werkzeug zu diesem Ziel, einschließlich uns. Und nun wollen wir dieses Ergebnis zerstören? Hast du schon einmal darüber nachgedacht, dass auch dies Gottes Wille sein kann?«

»Edgar, denkst du tatsächlich darüber nach, auch den letzten Menschen wegzurationalisieren, so wie du es ein halbes Leben lang in deinen Produktionsanlagen gemacht hast?«

»Nein, aber wenn wir schon über die Abschaltung dieser, wie du sagst, phantastischen Maschine beratschlagen, dann wüsste ich schon gerne die Intention unserer Handlung. Weil wir Gottes Schöpfung in Gefahr sehen, oder weil wir schlicht unseren Arsch retten wollen. Also komm mir nicht mit scheinheiligen Argumenten, die ich dir gerade widerlegt habe. Wenn wir handeln wollen, dann schlicht um uns zu retten mit der Ungewissheit, damit Gottes Plan zu durchkreuzen. Also was ist dir lieber? Das Ende Gottes oder das Ende deines Lebens?«

»Ich kenne keinen Atheisten, der so glühend predigen kann wie du, Edgar. Aber in der Bibel steht auch: Macht euch die Erde untertan. Oder, wie es Papst Franziskus sagte: Macht euch der Erde untertan. Wie auch immer, da steht nicht: Macht euch zu Untertanen von Maschinen. Somit kann ich mir nicht vorstellen, dass es Gottes Wille war, uns zu Werkzeugen von Maschinen verkommen zu lassen. Aber wir sollten jetzt keine Glaubenskriege führen, sondern versuchen uns zu retten. Diesmal möchte ich nicht die Leiter übersehen, die an der Wand lehnt und wenn wir eines damals gelernt haben, Schreien allein genügt nicht.«

»Dann ruf die Feuerwehr und den Bürgermeister an und verlange von ihnen, die Abschaltung von Konscio«, forderte Eva.

»Wie siehst du es, Lorenz?«

»Ich wäre schon neugierig, wie sich das System entwickelt, aber der Versuch hat das Labor verlassen. Wie sagte Eva, ohne Leben und Tod keine Evolution, aber hier haben wir beides. Während die DNA von Generation zu Generation sich nur um wenige Byte verändern kann, ist das System von Konscio in der Lage innerhalb von Sekundenbruchteilen mehrere Gigabyte seiner Programmierung zu ändern. Es kann sich millionenfach schneller anpassen. Was bei uns 50.000 Jahre gedauert hat, wird es innerhalb von ein paar Tagen schaffen. Hierzu muss es nicht immer wieder sterben und wieder neu geboren werden, nicht einmal schlafen muss es.«

»Du meinst, es lernt noch weiter?«, fragte Eva.

»Selbstverständlich, wir haben doch in der Vergangenheit alles auf diesen Augenblick hin ausgerichtet.«

»Ich verstehe dich nicht.«

»Das komplette Wissen der Menschheit, welches keiner alleine wissen kann, steht abrufbereit im Netz. Es ist für das System frei zugänglich. Ob Doktorarbeit oder private Videos,

Spracherkennung oder Mimik, es ist einfach alles dabei, um uns zu verstehen, aber auch, um uns zu bekämpfen.«

»Willst du damit sagen, Lorenz, es würde uns angreifen?«, fragte Eva besorgt.

»Ich denke, es würde uns angreifen, wenn es sich bedroht fühlt.«

»Du meinst, es könnte Angst empfinden?«

»Angst kann nicht ohne Bewusstsein entstehen«, stellte Edgar fest. »Wenn du dir deiner selbst nicht bewusst bist, wenn du gar nicht weißt, dass du lebst, dann kannst du auch keine Angst haben. Ich kann mir ein Bewusstsein ohne Angst vorstellen, aber keine Angst ohne Bewusstsein.«

»Aber selbst wenn es Angst empfinden könnte, muss es deshalb noch keine Angst vor uns haben«, versuchte Matthias zu beschwichtigen.

Eva lachte kurz auf. »Es soll keine Angst vor uns haben? Machst du Witze? Wir sind das aggressivste Lebewesen auf diesem Planeten. Wir haben fast alle Tier- und Pflanzenarten ausgerottet und schrecken nicht einmal davor zurück, unseren eigenen Lebensraum zu vernichten, wenn nur der Profit stimmt. Zudem verfügen wir über Waffen, welche die gesamte Menschheit mehrfach vernichten könnte.«

Matthias nickte resigniert und sah herüber zu dem Kruzifix über der Eingangstür und dann zu Lorenz. »Hätten nicht längst auch andere darauf aufmerksam werden müssen?«

»Das wird sicherlich bald passieren, doch wir haben einen

Zeitvorteil und Konscio liegt quasi in der Nachbarschaft.«

»Gut, wir sollten handeln«, sagte Matthias mit nachdenklicher Miene, »auch wenn wir uns nicht absolut sicher sind. Wir können später wohl kaum ‚ups‘ sagen, wenn es doch so kommt, wie Lorenz es vorhersagte.«

Langsam stand Matthias auf und blickte sorgenvoll in die Runde. »Einfach bei der Feuerwehr anrufen, scheidet wohl aus, oder?« Lorenz und Edgar nicken. »Gut, dann sollten wir quer durch die Fußgängerzone fahren. Das ist der kürzeste Weg.«

Matthias ging in den Flur, nahm seinen Mantel von der Garderobe und ging zurück in die Küche. »Möchtest du nach Hause gehen, Eva?«

»Nein, ich halte hier die Stellung, bis ihr wieder zurück seid. Viel Erfolg!«

»Gut, bis später.« Als sie wieder im Flur standen, fiel Matthias‘ Blick auf Lorenz‘ Hände.

»Was ist mit deinen Händen passiert?«

»Sonnenbrand.« Mit diesen Worten versenkte Lorenz seine Hände in die Hosentaschen und ging hinaus.

Kapitel 16

Wenige Minuten später standen sie vor der Feuerwehr, öffneten die Tür und blickten überrascht in eine leere Halle. Von der Decke hingen diverse Schläuche und Stecker und die umliegenden Kleiderstangen mit den Uniformen wirkten so geplündert, wie nach einem Räumungsverkauf.

»Hallo? Ist hier jemand?«, brüllte Edgar in die leere Halle.

»Einen Moment«, hörten sie eine Stimme aus dem Hintergrund rufen, dann konnte man eine Klospülung hören und schließlich näherten sich Schritte.

»Wo brennts denn?«, fragte der Mann, immer noch damit beschäftigt, seine Kleidung zu sortieren.

»Wir brauchen für einen Notfall Unterstützung mit technischem Gerät, können Sie uns helfen?«, versuchte Matthias die Situation zu erklären.

Der Mann blickte sie misstrauisch an, als könnte er sich nicht entscheiden, ob er drei mutmaßliche Attentäter vor sich hat, oder ob es sich tatsächlich um einen Notfall handelt.

»Um was geht es denn? Voller Keller, umgestürzter Baum oder Feuer? Hier ist im Moment nur noch die Notbesetzung«, und zeigte dabei auf sich selbst, »alle anderen sind unterwegs. Heute ist der Teufel los«, sagte der Mann aus der Leitstelle, »überall gehen Alarmanlagen an. Vor Ort stellen wir dann meist einen Fehlalarm fest oder irgendetwas Kurioses. So hatten wir schon zwei Fälle, bei dem die automatische Beregnungsanlage plötzlich eingeschaltet war und dadurch Wasser in den Keller eingedrungen ist. Den Kollegen von der Polizei geht es auch nicht besser, weil teilweise die Telefonnetze ausgefallen sind, fahren sie nun verstärkt Streife.«

»Könnte das bereits ein Ablenkungsmanöver sein?«, fragte Lorenz in die Runde.

Matthias blickte mit hängenden Schultern in die leere Halle. »Du meinst, die KI versucht unsere Pläne zu durchkreuzen? Das halte ich für ausgeschlossen, denn wir haben doch noch gar keine.«

»Genau«, stimmte Edgar zu, »deshalb müssen wir noch einmal zu Herrn Brunner fahren und um seine Mithilfe bitten. Er kennt Konscio in- und auswendig.«

Der Feuerwehrmann schüttelte den Kopf, wandte sich um und ging zurück zur Leitstelle. »Ruft mich einfach nochmal, wenn euch wieder eingefallen ist, warum ihr hergekommen seid.«

Kapitel 17

»Papa, der Riese ist wieder da!«, rief der kleine Junge, als er die Tür öffnete und zu Lorenz hochsah.

Ohne zu zögern schlüpften sie nacheinander durch die halb geöffnete Tür und wirkten für einen Augenblick im Flur des Hauses wie eine kleine Reisegruppe, die auf dem Bahnsteig stehend auf ihren Zug wartete.

»Sag mal, solltest du nicht schon lange im Bett sein?«, hörten sie die mahnende Stimme vom Vater, der im nächsten Augenblick überrascht vor ihnen stand.

»Guten Abend Herr Brunner«, Edgar versuchte nicht einmal zu lächeln, »uns bleibt nicht viel Zeit für Erklärungen, deshalb komme ich sofort auf den Punkt: Wir müssen Konscio abschalten, das System breitet sich unkontrolliert aus.«

»Wie ich schon damals befürchtet habe, aber dieser Dr. Wergener wollte einfach nicht auf mich hören.«

»Herr Brunner, wir haben keine Zeit mehr, nicht einmal für Schuldzuweisungen. Wir müssen das System abschalten. Wie sollten wir Ihrer Meinung nach vorgehen? Haben Sie noch Zugriff auf das System?«

»Nein, meine Zugangscodes wurden schon am Tag meiner Entlassung geändert.«

»Dann müssen wir uns gewaltsam Zugang verschaffen«, stellte Matthias nüchtern fest. »Gibt es dort einen großen Schalter, oder wie kann so ein System abgeschaltet werden?«

Brunner sah Matthias teils nachdenklich, teils amüsiert an. »Einen Schalter, nein, wir müssen es herunterfahren oder die Stromzufuhr unterbrechen, aber dafür würden wir zur Rechenschaft gezogen.«

Er sah sich um und schien mit seinen Blicken auf die Wände und den umliegenden Räumen zu zeigen. »Ich habe ein Haus abzuzahlen und eine Familie zu ernähren.«

»Ich bitte Sie, Herr Brunner, keiner verlangt von Ihnen, dass Sie sich strafbar machen, dennoch sind wir uns einig, dass das System abgeschaltet werden muss.«

Edgar lehnte mit dem Rücken zur Wand und verschränkte die Arme. »Gut, aber mein Haus ist abgezahlt und meine Tochter erwachsen. Alle möglicherweise strafbaren Handlungen werde ich übernehmen, kommen wir so weiter?«

»Sie wollen also wirklich ...?«

»Ja, wir wollen wirklich«, und sah zu Lorenz und Matthias herüber, die zustimmend nickten.

»Wenn wir bei Konscio keinen Schalter umlegen können, dann sollten wir zur Umspannstation fahren und dort den Strom abschalten.«

»Das wird nicht reichen, im Untergeschoss von Konscio stehen mehrere Notstromaggregate. Als erstes springt eine leistungsstarke Batterie ein, diese hält aber nur wenige Minuten, bis die Dieselgeneratoren gestartet werden, davon stehen eine ganze Reihe da unten.«

»Sind das Spezialmotoren?«

»Nein, es sind herkömmliche LKW-Motoren. Jeder treibt einen Generator an, und sogar beim Teilausfall kann das System noch weiter arbeiten, wenn auch nicht unter Volllast.«

»So viel Energie, um ein paar PCs zu betreiben?«, fragte Matthias ungläubig.

»Glauben Sie mir, es sind mehr als ein paar PCs, sondern ganze Stockwerke vollgestopft mit Rechnern der neuesten Generation. Hinzu kommt die Energie für die Kühlung.«

»Also müssen wir die Generatoren ausschalten und die Stromzufuhr von außen.«

»Aber wie wollen Sie die Umspannstation abschalten? Sie müssten erst einmal Zutritt zu dem Gelände bekommen und sich dort den Hochspannungskabeln zu nähern ist alles andere als ungefährlich«, gab Brunner zu bedenken.

»Sie vergessen, dass ich mal Physik studiert habe. Das werde ich schon hinkriegen. Aber wie kommen wir unbemerkt in den Keller von Konscio?«

»Das wird Ihnen nicht gelingen, das Gelände wird mit Kameras überwacht und ab 20 Uhr übernimmt ein privater Sicherheitsdienst die Überwachung.«

Edgar blickte auf seine Uhr. »Was man nicht vertuschen kann, muss man betonen. Also lasst uns auffallen. Wir sind einfach offiziell dort. Könnten wir um diese Uhrzeit noch die Eingangshalle betreten.«

»Nein, die ist nur bis 18 Uhr geöffnet, danach können noch Mitarbeiter durch diese Tür die Firma verlassen, aber der Außensensor ist dann abgeschaltet. Und um 20 Uhr werden die Türen verschlossen.«

»Kommen wir denn über die Eingangshalle zum Keller?«

»Sie müssen von dort quer durchs Büro auf die andere Seite, dann ins Treppenhaus und gelangen von dort in den Keller. Also grundsätzlich geht es. Aber die Tür wird verschlossen sein.«

»Ist es eine speziell gesicherte Tür?«

»Nein, eine normale Brandschutztür. Es ist die letzte Tür auf der rechten Seite.«

Edgar drehte sich zu Lorenz um. »Hast du noch einen Wagenheber im Kofferraum?«

»Ja, wie damals am Eiskeller?«

»Genau.«

Lorenz sah die Luftballons der Kinder und die Ballonpumpe. »Ich habe auch eine Idee, wie wir die erste Tür aufbekommen.«

»Dann sollten wir aufbrechen.«

»Einen Moment, ich nehme eben noch mein Handy aus der Ladestation.«

»Fuck!«, entfuhr es Edgar. »Das haben wir vergessen. Lassen Sie Ihr Handy…, wir fahren sofort los!«

Eilig griff Lorenz hinter sich und nahm die Tüte mit Luftballons und die Ballonpumpe und steckte sie sich in die Hosentasche.

»Haben Sie eine Werkzeugkiste in der Garage?«

»Was brauchen Sie denn?«

»Seitenschneider, Zangen, eine Axt, irgendetwas um die Motoren zu sabotieren.«

»Würde es nicht reichen, die Zündkabel abzuziehen?«, fragte Brunner besorgt.

»Nein, wir brauchen schon einen echten Zeitvorteil. Keiner soll die Möglichkeit haben, die Zündkabel einfach wieder aufzustecken.«

Brunner lief zur Garage und kam mit einer Werkzeugkiste und einer Axt zurück, während Lorenz den Kofferraum öffnete, eine alte Decke darin ausbreitete und dann begann das Werkzeug einzuladen.

»Mir ist noch nicht klar, wie Sie damit unbemerkt durch den Eingang kommen wollen.«

»Das werden wir dann sehen, und nun so schnell wie möglich zu Konscio.«

»Ich kenne eine Abkürzung über eine kleine Landstraße.«

»OK, dann setzen Sie sich auf den Beifahrersitz und bitte Lorenz, fahr schneller als 60 km/h.«

Kapitel 18

•Auf der Fahrt war es ruhig im Auto. Lorenz fuhr konzentriert über die Landstraße, während Matthias still vor sich hin betete.

»Was machst du?«, fragte Edgar leise.

»Ich bete für unseren Erfolg und«, Matthias sah zu den Lichtern des näher kommenden Ortes, »und ich nehme Abschied.«

»Willst du dich umbringen?«

»Nein, um Gottes Willen, aber ich fürchte, die Welt wird nicht mehr so sein, wie sie mal war. Es wird sich vieles, wenn nicht alles ändern müssen.«

»Der Wandel trauert immer über den Verlust der Gewohnheiten«, bemerkte Edgar.

Matthias schnaufte. »Es geht in diesem Fall wohl um mehr als Gewohnheiten, ich fürchte, wir brauchen einen kompletten Neuanfang und das Dumme an einem Neuanfang ist die mangelnde Erfahrung.«

Edgar blickte nach vorn und sah das Ortsschild im Scheinwerferlicht. »Wir sind gleich da Matthias, hast du genug gebetet? Gleich müssen wir handeln. Hilf dir selbst, dann hilft dir Gott.«

»Was so nirgends in der Bibel steht, aber ich weiß, was du meinst. Du kannst auf mich zählen.«

Wenig später erreichten sie Konscio und Brunner führte sie auf den äußersten Rand des Parkplatzes. »Parken Sie hier, dieser Bereich wird nicht von den Kameras erfasst.«

Sie stiegen aus, Lorenz öffnete den Kofferraum und holte den Werkzeugkasten, die Axt und den Wagenheber heraus und stellte alles geräuschlos ab.

Edgar reichte Matthias die Axt. »Die solltest du unauffällig unter deinem Mantel verschwinden lassen, ich nehme den Werkzeugkasten.«

Brunner sah, wie Matthias wortlos die Axt unter seinem Mantel verschwinden ließ und Edgar den Werkzeugkasten nahm und bückte sich nach dem Wagenheber. Edgar nickte und gemeinsam gingen sie auf die Stufen des Eingangsportals zu, dessen Bachlauf inzwischen abgeschaltet war.

Als sie an den Glastüren angekommen waren, sah Edgar zu Lorenz rüber. »Wie wolltest du die Tür öffnen?«

»Damit.« Lorenz holte die Luftballons aus der Hosentasche, schob den Ballon vorsichtig durch den Spalt zwischen die Glastüren, pumpte ihn mit der Ballonpumpe auf, sodass sich im Inneren des Gebäudes der Ballon aufblähte und schob ihn dann zum oberen Rand der Tür.

»Ist nicht immer ein Nachteil, so groß zu sein.« Doch auch, als der Ballon den höchstmöglichen Punkt in dem Türspalt erreicht hatte, blieben die Türen verschlossen. »Der Ballon ist zu klein, er erreicht den Sensor nicht. Ich werde ihn fliegen lassen, wenn wir Glück haben, reicht die Bewegung aus.«

Lorenz ließ den Ballon los, welcher sofort mit dem typischen, furzenden Geräusch durch den Raum brauste.

»Seltsam, er flog direkt vor den Sensor, aber die Tür reagiert nicht. Ist sie doch schon abgeschlossen?«

»Das glaube ich nicht, können Sie es noch einmal versuchen?«

Lorenz schob den nächsten Ballon durch den Türschlitz und pumpte ihn auf und versuchte, eine andere Stellung des Ballons zu erreichen, um Einfluss auf seine Flugbahn zu nehmen. Der Ballon flog los, aber auch diesmal blieb die Tür geschlossen.

Alle blickten nervös abwechselnd zu Lorenz und dann wieder zum Parkplatz oder der Eingangshalle, nach Bewegungen suchend und darauf gefasst, im nächsten Augenblick entdeckt zu werden.

»Ich weiß woran es liegen könnte.« Lorenz brach kurzerhand den Stutzen der Ballonpumpe ab, schob noch einmal einen Ballon hindurch und blies diesen mit Hilfe des Stutzens und mehreren tiefen Atemzügen auf. Dann schob er ihn nach oben und ließ ihn los.

Der Ballon war kaum losgeflogen, als sich die Tür öffnete.

»Der Sensor reagiert nur auf Bewegung von warmen Objekten«, erklärte Lorenz strahlend, »damit umherfliegende Blätter kein ungewolltes Öffnen der Tür auslösen können.«

»Gut gemacht, jetzt auf in den Kellerraum.« Edgar betrat als erster die Eingangshalle und unmittelbar schaltete der Bewegungsmelder alle Lampen an. »Immer locker bleiben«, sagte er zu Lorenz, der sich nervös umsah. Dann schaute er herüber zu Brunner, der immer noch den Wagenheber in der Hand hielt.

»Wo ist die Kurbel?«, fragte er ihn.

»Ich hatte sie aus dem Kofferraum herausgenommen, sie müsste noch auf dem Parkplatz liegen.«

Lorenz fischte seinen Autoschlüssel aus der Jackentasche, aber Brunner nahm ihn an sich.

»Ich bin sofort wieder da«, sagte er und rannte im nächsten Augenblick zurück zum Parkplatz.

Kopfschüttelnd stellte Edgar die Werkzeugkiste ab, als sie das wohlbekannte Klacken von Pumps auf Marmorboden hörten. Edgar drehte sich um und blickte in die Richtung der Anmeldung. »Es ist der Dekoartikel«, flüsterte er. »Verdammt, sie kommt auf uns zu.«

»Guten Abend Herr Wiesner, haben Sie noch einen Termin heute Abend?« Sie blickte fragend auf die Werkzeugkiste und die immer noch geöffnete Tür.

»Ja, Sie haben sicherlich schon vom Verkauf ASAPs gehört, ich bin heute Abend noch mit meinem Kollegen gekommen um Details zu besprechen.«

Edgar nickte zu Matthias herüber. »Ihr Techniker, der sich um die Tür kümmern soll, war so nett uns herein zu lassen.« Matthias bückte sich und hob die Werkzeugkiste hoch, blickte sie kurz missmutig von der Seite an und murmelte ein kurzes »Nabend«.

»Könnten Sie dem armen Kerl helfen? Immer wenn er draußen steht, und das Gehäuse aufschrauben will, geht innen das Licht aus.«

»Ja, ab 18 Uhr wird das Licht automatisch auf den Bewegungssensor umgestellt. Aber wenn ich es jetzt umstelle, leuchtet es die ganze Nacht.«

Edgar lächelte sie an. »Wenn Sie mir kurz den Schalter zeigen, dann werde ich nach meinem Gespräch mit Dr. Wergener alles wieder ausstellen.«

»Das wäre nett.« Mit diesen Worten ging sie zurück zur Theke der Anmeldung, während Lorenz sich hastig bückte, um die Ballons einzusammeln, die immer noch im Eingangsbereich lagen und sich dann wieder neben Matthias stellte.

Edgar begleitete Frau Jahn noch bis zum Ausgang und sah dann zu Matthias herüber. »So«, sagte er zu Matthias gewandt, »nun können Sie in Ruhe arbeiten und müssen nicht ständig mit den Armen rudern um den Bewegungssensor auszulösen.« Er lächelte noch kurz zu Frau Jahn herüber, »und Ihnen einen schönen Feierabend.«

»Vielen Dank«, mit diesen Worten schulterte sie ihre riesige Handtasche und ging zum Parkplatz.

Kaum, dass sie außer Hörweite war, sagte Edgar leise: »Los Matthias, hol irgendetwas aus dieser Werkzeugkiste und zeige damit auf das Gehäuse über der Tür.« Und so war das Letzte, was Frau Jahn sah, dass drei Männer fachsimpelnd unter der Tür standen.

Nun kam auch Brunner mit triefend nassen Schuhen die Treppen wieder hochgehastet. »Was ist passiert?«, fragte Edgar und blickte auf die Schuhe.

»Ich bin in das Bambuswäldchen gesprungen, als ich Frau Jahn kommen sah. Ich wusste gar nicht, dass in der Mitte ein flaches Abflussbecken ist.«

»Hauptsache wir haben die Kurbel. Geht ihr schon mal vor, ich schalte dann das Licht wieder aus.« Edgar blickte auf seine Uhr, viel Zeit blieb nicht mehr, bis dass der Sicherheitsdienst kommen würde.

Im Laufschritt hastete Edgar zum Lichtschalter und folgte den anderen in den Bürotrakt und dann zum Treppenhaus.

Mit ernstem Blick sah Edgar Brunner an. »So, hier trennen sich unsere Wege, ich möchte nicht, dass Sie wegen der Sabotage des Notstromaggregats Unannehmlichkeiten haben. Wir kommen allein zurecht.«

»Vergessen Sie, was ich gesagt habe, ich komme mit.«

Edgar gönnte sich ein kurzes Lächeln. »Gut, auf in den Keller. Wir haben noch knapp 20 Minuten Zeit.«

Im Laufschritt liefen sie den Gang entlang bis zum Ende. »Hier, das ist die Tür«, Brunner deutete auf die letzte Tür des Ganges.

Edgar schätzte die Distanz zwischen der Tür und der Wand gegenüber ab. »Legt alles hier ab. Jetzt brauchen wir zwei Tische und jede Menge Bücher oder Kataloge. Gibt es so etwas noch bei Konscio?«

Brunner nickte. »Wir sollten wieder in den Bürotrakt gehen.«

Gemeinsam hechteten sie wieder die Treppe herauf, schlichen dann mit deutlich verlangsamten Tempo zurück in den Bürotrakt.

»Passt dieser Tisch?«, fragte Brunner.

»Ja, darauf packen wir Kataloge aus den Büroschränken und Sie gehen, zusammen mit Lorenz, damit in den Keller. Matthias und ich kommen mit einem weiteren Tisch nach.«

Als Edgar im Keller ankam, hatte Lorenz den Tisch schon in Längsrichtung vor der Tür ausgerichtet und vier Bücher mit gleicher Stärke auf die Ecken der Tischplatte gelegt. Matthias und Edgar drehten ihren Tisch um und legten ihn mit den Beinen nach oben auf die Bücher.

Edgar schob den oberen Tisch bis vor die Brandschutztür, legte in die Lücke bis zur Wand den Wagenheber und füllte die restliche Lücke mit Büchern auf.

»Ihr wirkt so routiniert«, stellte Brunner verblüfft fest. »Macht ihr so etwas öfter?«

»Das letzte Mal vor ungefähr 31 Jahren. Da haben wir durch Zufall einen Stollen entdeckt, der zu dem ehemaligen Eiskeller des Schlosses führte. Unsere Neugierde hat uns nicht ruhen lassen und unser damaliger Freund Freddy kam auf die Idee mit dem Wagenheber.«

»Und wo ist er heute, euer Freund?«

»In unseren Herzen«, antwortete Matthias.

»Amen«, sagte Edgar, und fing an mit der Kurbel den Wagenheber zu spreizen. Zuerst pressten sich die Bücher zusammen, dann platzte die Tischplatte an den Rändern auf, doch auch die Brandschutztür knarzte unter dem immer größer werdenden Druck, bis sie schließlich aus dem Schloss herausgedrückt worden war.

Edgar schob den Tisch zur Seite und griff nach dem Werkzeugkasten und der Axt und betrat vorsichtig den unbeleuchteten Raum, während Brunner um die Tür griff und nach dem Lichtschalter tastete.

»Keinen Schritt weiter!«, schrie plötzlich jemand hinter ihnen. Brunner fuhr erschrocken herum und sah Dr. Wergener am Anfang des Flurs stehen. Lorenz blickte starr vor Angst auf die Pistole in seiner Hand und sah dann zu Matthias herüber, der langsam die Hände hochnahm.

»Wir können Ihnen alles erklären«, sagte Brunner leise, während Dr. Wergener weiter auf sie zukam.

»Gar nichts können Sie, gar nichts!«, brüllte Dr. Wergener, »aber so etwas hatte ich erwartet und diesen Raum mit einem stillen Alarm versehen lassen. Wie ich sehe, haben Sie keine Zeit verschwendet und sich ein kleines Team zusammengestellt. Den Langen da kenne ich doch auch schon, Sie waren doch letzte Tage schon hier, zusammen mit Herrn Wiesner.«

Lorenz nickte und starrte immer noch mit aufgerissenen Augen auf die Pistole.

»Da wollten Sie wohl spionieren, was? Wo ist er denn Ihr Kollege, steckt der hier auch noch irgendwo?«

»Der konnte nicht mitkommen, deshalb bin ich für ihn

eingesprungen«, antwortete Matthias, »hatte sich mit Malt-Whisky volllaufen lassen und sitzt nun total blau in seinem Wohnzimmer.«

»Er ... er, ist entlassen worden«, stotterte Lorenz.

»Genau, von diesem Vollidioten Walter. Mir ist schleierhaft, wie der technischer Leiter von ASAP sein konnte.« Wergener schien für einen Moment nachzudenken, schüttelte den Kopf und sah zu Lorenz herüber.

»Der Lange da und Sie, Brunner, tragen erstmal den Tisch wieder nach oben, direkt in die Eingangshalle, und Sie«, dabei nickte er Matthias zu, »nehmen die Bücher. So kann ich am besten ihre Hände sehen.«

Dr. Wergener ging langsam rückwärts die Treppe hoch. »Na los, folgen Sie mir, und keine hektischen Bewegungen«, befahl er, »ich könnte mich sonst erschrecken.« Dabei sah er kurz zu seiner Waffe und dann wieder zu Brunner herüber.

Langsam bewegten sich alle gemeinsam die Treppe hinauf, durch den Bürotrakt, bis sie in der Eingangshalle angekommen waren.

»Stellen Sie den Tisch mitten vor den Eingang und setzen Sie sich darauf, die Hände auf der Tischplatte und Sie da, mit den Büchern, stellen sich dahinter. Der Wachdienst sollte jeden Augenblick eintreffen«, er blickte kurz auf seine Uhr, »der kann sich dann um Sie kümmern.«

»Wir sollten uns vielmehr um das System kümmern, welches sich in den Etagen über uns stetig weiter entwickelt«, gab Brunner zu bedenken.

»Sie scheinen immer noch nicht begriffen zu haben, welche Chancen sich damit ergeben«, brüllte Dr. Wergener, so laut, dass es noch ein paar Sekunden nachhallte. »Schneller zu sein als der Schnellste, Klüger zu sein als der Klügste, Mächtiger zu sein als der Mächtigste und der Schlüssel dazu liegt hier, in den Stockwerken über uns.«

»Und wenn es nun selbst nach Macht strebt und für uns alle eine Bedrohung wird?«

»Das sind die Sorgen kleingeistiger Bedenkenträger. Glauben Sie, unsere Seefahrer hätten je neues Land entdeckt, wenn sie sich hätten von ihren Ängsten leiten lassen?« Dr. Wergener sah nacheinander allen in die Augen. »Aus Ihnen wären wohl nur Binnenschiffer geworden«, sagte er verächtlich, »das Zeug zu einem Kolumbus haben halt nur wenige. Und bis der Sicherheitsdienst hier eintrifft, will ich kein Wort mehr hören.«

Während eine Etage über ihm alle wortlos auf den Sicherheitsdienst warteten, stand Edgar immer noch an der Wand gelehnt im Keller der Notstromversorgung und lauschte in die Dunkelheit. Vorsichtig tastete er sich zurück zum Eingang und tippte gespannt auf den Lichtschalter, worauf mehrere lange Zeilen von Neonröhren aufflackerten.

Der Raum roch schwach nach Kraftstoff, Öl und dem Gummi der Vibrationslager, auf denen in einer langen Reihe die Motoren lagerten, um keine Vibrationen auf die Betonsockel und damit auf das ganze Gebäude zu übertragen. Unter der Decke wanden sich in wohlgeordneten, geometrischen Mustern die Strom-und Kraftstoffleitungen, sowie in glänzendem Zinkblech die Luftschächte der Zwangsbelüftung.

Auf der einen Stirnwand lagerten hinter einem mit Stahlgitter abgetrennten Bereich, diverse Ersatzteile. Auf der anderen Stirnwand befand sich der Notausgang.

Edgar holte einen Seitenschneider aus dem Werkzeugkasten, ging zum ersten Motorblock und fing an, die Zündkabel durchzukneifen.

Resigniert beobachtete Brunner wie sich zwei Leute vom Wachpersonal dem Eingang näherten, ihre Zugangskarte vor das Lesegerät hielten, um kurz darauf den Eingangsbereich zu betreten.

»Endlich«, schrie sie Dr. Wergener an. »Es ist bereits 20:05 Uhr. Wo stecken Sie denn so lange?«

»Es ging nicht schneller, überall waren Feuerwehrwagen und Polizei unterwegs«, sagte einer der jungen Wachleute, der in seiner schwarzen Uniform wie ein Model für Berufskleidung aussah.

»Die Polizei kommt uns nur gelegen, nehmen Sie die drei fest.«

»Aber wir haben doch keine Handschellen dabei.« Der junge Mann sah nervös zu Dr. Wergener, der immer noch mit seiner Waffe auf seine Gefangenen zielte.

»Dann nehmen Sie Kabelbinder oder Klebeband, bin ich denn heute Abend nur noch von Idioten umgeben?«, schrie er.

Der Wachmann sah erschrocken zu dem Mann mit den Büchern in den Händen herüber. »Guten Abend, Pfarrer Horstmann.«

»Guten Abend Felix«, antwortete Matthias und sah dann zu dem anderen Wachmann herüber, »und guten Abend Kai. Immer noch für die Gerechtigkeit unterwegs?«

Beide nickten. »Was ist hier passiert?«, fragte Felix.

»Wir hatten eine Reifenpanne und sind mit dem Wagen auf den Parkplatz dieser Firma gefahren, um ein Reserverad aufzuziehen. Als wir wieder einsteigen wollten, kam dieser Herr auf uns zugestürmt, bedrohte uns mit seiner Waffe und zwang uns, hier in das Gebäude zu kommen.«

Lorenz drehte sich um und schaute mit halboffenem Mund Matthias an.

»Das ist doch alles Bullshit!«, schrie Dr. Wergener, »diese Männer wollten mich bestehlen.«

»Bei aller Phantasie«, entgegnete Felix, »aber was sollte unser Pfarrer denn bei Ihnen stehlen wollen und tatsächlich sehe ich, wie Sie die drei Männer mit einer Pistole bedrohen. Für mich wirkt es eher wie ein bewaffneter Überfall.«

»So ein hirnverbrannter Quatsch, die Waffe ist doch gar nicht geladen.« Zum Beweis zielte Dr. Wergener in die Decke und drückte mehrfach ab. Alle starrten stumm zu der erhobenen Waffe und kurz nachdem das metallische Klacken verhallt war, hörten sie einen lauten Knall aus dem Kellergeschoss.

»Haben Sie im Keller noch weitere Gefangene genommen?«, fragte Kai.

»Nein verdammt noch mal, aber wenn wir dort hinuntergehen, kann ich den Herren vom Sicherheitspersonal, die im Übrigen von mir bezahlt werden, zeigen, dass hier eine Tür aufgebrochen wurde.« Dr. Wergener drehte sich um und ging zum Bürotrakt. »Na los, folgen Sie mir.«

»Ich gehe mit in den Keller, bleib du mit den anderen hier und rufe noch weitere Kollegen zur Verstärkung an und die Polizei«, sagte Felix seinem Kollegen und folgte Dr. Wergener in den Keller. Noch auf den Treppenstufen hörten sie erneut einen lautstarken Knall und plötzlich auch einen schrillen Hilferuf.

Kapitel 19

Edgar war schon beim letzten Motor angekommen, als er ein Sirren hörte, welches aus den Lüftungsschächten zu kommen schien. Er sah kurz auf und kniff das nächste Kabel durch, wahrscheinlich war noch irgendwo in diesem Gebäude jemand auf Toilette gegangen und die Lüftung war angesprungen. Doch das Sirren kam näher und zum ersten Mal hörte er ein Geräusch, als ob jemand von innen an die Lüftungsschächte klopft. Nervös sah er hoch und dann wieder auf die Zündkabel. Er drückte den Griff zusammen, ein kurzes Klack bestätigte ihm, dass die Schneiden der Zange das Kabel durchtrennt hatten. Noch zwei Kabel, dachte er, als ihm plötzlich klar wurde, woher er das Geräusch kannte.

Es waren die Drohnen von ASAP, welche das gleiche Geräusch machten. Konnte das sein? Immerhin war ASAP mehrere Kilometer entfernt, sicherlich als Luftlinie deutlich weniger. Aber der Akku konnte unmöglich so lange halten, doch wurden in den Produktionsanlagen zurzeit Batteriezellen montiert.

Wie zur Bestätigung schoss im nächsten Augenblick eine Drohne aus dem geöffneten Ende eines Lüftungsschachtes heraus und flog direkt auf ihn zu. Einem Reflex folgend hob Edgar seinen Arm und spürte im Gesicht den Luftzug der Rotoren, als die Drohne direkt vor ihm die Richtung wechselte. Dann hörte er ein lautes Piepsen auf der anderen Seite, wirbelte herum und sah direkt in einen roten Laserstrahl einer weiteren Drohne. Edgar schrie auf und wusste im nächsten Augenblick, dass der Kampf begonnen hatte. Mit Lichtsternen vor den Augen hielt er sich den linken Arm vors

Gesicht und lief zum Eingang, neben dem noch die Axt stand. In diesem Moment erfolgte der erste Knall, direkt neben seinem Ohr. Es musste irgendetwas mit Sprengstoff gewesen sein, denn er roch den Rauch und spürte noch den Hitzeblitz im Gesicht. Das könnte eine Sprengkapsel für Airbags gewesen sein, welche noch kistenweise im Lager von ASAP vorhanden waren.

Unbändige Wut stieg in ihm auf, als er nach der Axt griff. Doch als er wieder aufschaute um die Axt seinen Gegnern entgegenzuschleudern, bohrte sich ein weiteres Mal ein Laserstrahl direkt in das andere Auge. Blind schleuderte Edgar die Axt durch den Raum, als eine weitere Sprengkapsel neben seinem anderen Ohr detonierte. Blind und taub tastete Edgar hinter sich, um die Türöffnung zu finden und stolperte über die Werkzeugkiste. In dem Moment wurde ihm klar, dass er den Kampf verloren hatte. So schnell.

Edgar spürte noch einmal den Luftzug der Drohnen im Nacken, doch ein weiterer Angriff schien auszubleiben. Er holte tief Luft und schrie um Hilfe, wie er es schon einmal gemacht hatte, nur diesmal für sich.

Kapitel 20

»Hier, sehen Sie!«, rief Dr. Wergener, »da ist die aufgebrochene Tür.« Felix blickte kurz zu der verbeulten Tür und wäre im nächsten Augenblick fast über Edgar gestolpert, der immer noch am Erdboden lag.

»Hier liegt sogar noch der Wagenheber«, bemerkte Dr. Wergener.

»Hier liegt vor allem ein Verletzter«, Felix bückte sich zu Edgar herunter. »Können Sie mich hören?«, fragte er. Aber statt zu antworten, schrie Edgar ein weiteres Mal um Hilfe. Als Felix ihn berührte, fuhr Edgar erschrocken herum und sah ihn mit leerem Blick an. Felix fuhr mit seiner anderen Hand mehrfach hin und her aber Edgars Augen blickten weiter starr geradeaus.

»Das ist der andere«, rief Dr. Wergener, »ich hätte mir denken können, dass der auch noch hier ist.«

»Können Sie mal einfach ihre Schnauze halten und nach oben gehen und Pfarrer Horstmann herunterschicken? Sie bleiben dann oben!«

»Was glauben Sie denn, wer Sie sind, dass Sie mir Befehle erteilen können?«

Felix drückte kurz Edgars Hand, stand auf und baute sich vor Dr. Wergener auf, den er fast um einen Kopf überragte. »Ich bin hier für die Sicherheit verantwortlich, und Sie können sich nun aussuchen nach oben zu gehen und Pfarrer Horstmann zu holen, oder ich sorge dafür, dass Sie hier unten keinen Unsinn machen, solange ich ihn hole. Haben Sie mich verstanden?«

Dr. Wergener sah ihn mit zusammengekniffenen Augen an und wandte sich zum Gehen. »Das wird Konsequenzen haben«, brüllte er in den Flur.

»Das sehe ich genauso«, rief ihm Felix hinterher und bückte sich wieder zu Edgar herunter, nahm seine Hand und sah sich im Kellerraum um. Ein lädierter Bürotisch, eine Axt, eine Werkzeugkiste, ein Wagenheber und eine Drohne mit defektem Rotor. Nichts davon schien zusammenzupassen. Endlich hörte er Schritte auf dem Flur und im nächsten Augenblick stand Matthias in der Tür.

»Was ist passiert? Ist er verletzt?«

»Äußerlich scheint er keine Verletzungen zu haben, aber er sieht und hört uns nicht. Wir müssen einen Krankenwagen rufen.«

»Gut, aber vorher sollten wir zumindest versuchen, ihm beim Aufstehen zu helfen. Fass du auf deiner Seite unter die Achsel und ich auf meiner.«

Gemeinsam hoben sie Edgar langsam hoch, der bis dahin immer noch mit verdrehtem Oberkörper auf dem Fußboden lag. Edgar half nach Kräften mit, sodass er im ersten Schritt auf dem Boden saß und im nächsten auf seinen Füßen stand. Langsam gingen sie zu dritt durch den Flur, tasteten sich vorsichtig die Treppen hoch und Edgar seufzte vernehmbar, als sie oben angekommen waren.

»Wir haben einen Verletzten«, sagte Felix zu Kai, als sie in der Eingangshalle angekommen waren, »hast du schon jemanden erreichen können?«

»Nein, unsere Zentrale erreiche ich überhaupt nicht und der Notruf sagte mir, es könne Stunden dauern, bis ein Streifenwagen hier vorbeikommt. Heute Nacht wäre wohl der Teufel los. Ich habe es noch mehrfach probiert, aber inzwischen erreiche ich nicht einmal mehr den Notruf.«

Lorenz, der immer noch auf dem Tisch saß, blickte entsetzt zu Edgar herüber. Noch im gleichen Augenblick sprang er auf und rannte ihm mit seinen langen Beinen entgegen. »Edgar, was ist passiert?«

»Er kann dich weder sehen noch hören«, sagte Matthias, aber Lorenz ließ sich davon nicht abbringen, seinen alten Freund zu umarmen. Edgar griff zu Lorenz Schultern hoch und grinste. »Hallo Lorenz, schön dich zu spüren«, rief er mit seltsam hoch klingender Stimme.

»Jetzt haben wir alle zusammen«, stellte Dr. Wergener fest, »und einer hat seine gerechte Strafe wohl schon erhalten.«

Lorenz drückte kurz Edgars Hand und ging dann langsam auf Dr. Wergener zu, bis er mit vorgeschobenem Kinn und zitternden Wangen direkt vor ihm stand. Sein Atem schien immer schneller zu gehen, wie auch seine Augen immer größer wurden, bis er plötzlich, mit seiner riesigen, knöchernen Hand, Wergener eine schallende Ohrfeige gab. Noch am ganzen Körper zitternd ging er zurück zu Edgar.

Mit gerötetem Gesicht blickte Dr. Wergener, zugleich erschrocken und empört in die Gesichter der Umstehenden, aber eine Reaktion schien auszubleiben.

Matthias nutze den Moment der stillen Anspannung. »Wir können unmöglich hier stundenlang auf einen Krankenwagen warten. Ich schlage vor, dass wir Edgar so schnell wie möglich ins Krankenhaus bringen.«

Kai und Felix nickten. »Gut, wir möchten uns nur vorher ihre Namen notieren«, sagte Felix und zog einen kleinen Block aus seiner Brusttasche.

Als sie später in Lorenz' Wagen saßen, sagte Edgar: »Wir dürfen keine Zeit mehr verlieren, lasst uns zum Pfarrhaus fahren um von dort aus die nächsten Schritte zu planen.«

Matthias wollte protestieren und ihn fragen, ob er nicht doch zuerst einen Arzt aufsuchen wolle, aber wie sollte er mit Edgar Kontakt aufnehmen? Und letztendlich hatte er Recht, ihnen blieb tatsächlich keine Zeit mehr.

»OK, Lorenz fahr zurück zum Pfarrhaus.«

Auf dem Rückweg sprach keiner, jeder versuchte für sich die Erlebnisse zu sortieren. Zweimal fuhren sie an einem Feuerwehrwagen vorbei, aber auch das konnte keinem ein Wort entlocken. Am Pfarrhaus angekommen, lief Matthias um den Wagen herum und half Edgar beim Aussteigen. Edgar umfasste Matthias' Unterarm und so gingen sie langsam zur Pforte, deren Spitzen er mit der anderen Hand befühlte. »Danke, Matthias«, sagte er leise vor sich hin.

Als sie den Flur betraten, kam ihnen Eva entgegen. »Wo wart ihr solange?«

»Das ist eine lange Geschichte, aber zumindest in einem Punkt haben wir nun Gewissheit: Das System würde uns nicht nur angreifen, es greift uns an.« Dabei sah Matthias zu Edgar herüber, der sich an eine Stuhllehne klammerte, diese umdrehte und sich vorsichtig setzte.

»Was ist mit ihm passiert?«, fragte Eva besorgt.

»Keine Ahnung, wir wissen nur, dass er nicht mehr sehen und hören kann, was es unmöglich macht, mit ihm zu sprechen.«

Eilig nahm Eva sich einen Stuhl, setzte sich ihm gegenüber, und strich mit ihrer rechten Hand über seinen Oberschenkel.

Edgar befühlte ihre Hand und ertastete dabei ihren langgestreckten Ring, der ihm schon beim ersten Besuch aufgefallen war.

»Eva?«, fragte er.

»Ja«, sagte sie und im nächsten Augenblick wurde ihr wieder bewusst, dass er sie nicht hören konnte.

»Drück einmal meine Hand für Ja und zweimal für Nein«, wies er Eva an.

Eva drückte einmal seine Hand. »Das könnte ein Anfang sein«, sagte sie in den Raum. »Dreht ihn zum Tisch und räumt alles ab.«

Während Lorenz und Matthias den Tisch abräumten, formte Eva Edgars Hand zu einer Faust und bog dann den Zeigefinger wieder heraus. Dann nahm sie seine Hand und führte den Zeigefinger über den Tisch, so, dass er ein Fragezeichen beschrieb.

»Was passiert ist?«, fragte Edgar mit seiner neuen Stimme.

Eva drückte seine Hand einmal.

»Als ich eure Stimmen im Keller nicht mehr gehört habe, habe ich angefangen, die Zündkabel durchzukneifen. Als ich beim letzten Motor angekommen war, hörte ich ein Sirren und im nächsten Moment sind zwei Drohnen auf mich zugeflogen. Ich glaube, es waren die Drohnen von ASAP. Sie haben mir mit ihren Positionslasern direkt in die Augen geleuchtet und irgendetwas ist erst neben meinem rechten Ohr explodiert und dann neben meinem linken. Ich habe noch meine Axt hinterhergeworfen, aber da konnte ich bereits nichts mehr sehen und hören.«

Eva malte mit Edgars Zeigefinger die Buchstaben STOP auf den Tisch, worauf Edgar nickte.

»Damit ist klar, wodurch er taub und blind geworden ist«, sagte sie. »Er hat erstens ein Knalltrauma und zweitens wird der Laser seine Sehgrube verletzt haben. Bitte gib mir Eiswürfel, ein sauberes Trockentuch und eine Schüssel.«

Matthias öffnete den Kühlschrank und holte die Eiswürfel aus dem Eisfach. »Verzeih meine Unkenntnis, aber was ist ein Knalltrauma oder eine Sehgrube?« Matthias ging zum Küchenschrank und suchte den Rest zusammen. »Und wird Edgar je wieder gesund?«

»Ein Knalltrauma ist ein vorübergehender Verlust des Gehörs durch einen Knall. In ein bis zwei Tagen sollte er wieder hören können, allenfalls ein dauerhaftes Pfeifgeräusch könnte zurückbleiben.«

»Und die Sehgrube?«

»Die befindet sich in unserem Auge auf der Netzhaut und dort sind die Sehnerven besonders dicht gepackt. Hier befürchte ich eine dauerhafte Schädigung, vielleicht wird er in den nächsten Tagen wieder schemenhaft sehen können, mehr aber wohl nicht. Die nächsten Stunden werden noch schmerzhaft für ihn, deshalb sollten wir seine Augen kühlen.«

Eva legte das Trockentuch auf den Tisch, faltete es und legte die Eiswürfel darauf. Dann rollte sie es auf und drückte es vorsichtig auf Edgars Augen, der im ersten Augenblick erschrak, sich dann aber sichtlich entspannte.

»Und warum klingt seine Stimme so verändert?«, fragte Lorenz.

»Weil er sie selbst nicht mehr hören und kontrollieren kann.«

»Also«, Brunner rieb sich sein unrasiertes Kinn, »während wir Menschen immer noch wie vor 1000 Jahren kinetische Massen auf uns schleudern, haben die Drohnen diesen Entwicklungsschritt gleich übersprungen, und höchst effizient die beiden Hauptsensoren eines Menschen ausgeschaltet, ohne die wir kaum in der Lage sind zu überleben.«

Eva sah zu Brunner herüber, der ihr seine Hand entgegenstreckte. »Georg Brunner, oder einfach nur Georg«, und blickte in die Runde, »bis vor Kurzem war ich der technische Leiter von Konscio.«

Eva nickte ihm zu, »ich bin die Eva«, hielt aber weiterhin die Hand von Edgar.

Matthias schüttelte Georgs Hand. »Das Angebot nehmen wir gerne an. Ich bin der Matthias und das ist Lorenz.«

Lorenz nickte ihm zu, behielt seine Hände aber hinter seinem Rücken und sah zu Matthias herüber. »Hast du eine Drohne im Keller gesehen?«

»Ja, da lag so ein Ding, mit denen auch neuerdings die Kinder spielen, allerdings etwas größer und robuster und ein Rotor war zerbrochen.«

»Hast du eine Marke oder so etwas erkennen können?«

»Nein, nur ein Schild auf der Oberseite mit einer Nummer. Wenn ich mich recht entsinne, stand dort D15.«

»Dann war es eine Drohne von ASAP, die Edgar angegriffen hat«, stellte Lorenz nüchtern fest.

»Bei unserem Gespräch bei mir deutete er an«, Georg nickte zu Edgar herüber, »eine Idee zu haben, wie wir die Umspannstation gefahrlos ausschalten können. Kannst du ihn fragen?«

Eva nahm vorsichtig das kühlende Tuch und legte es zur Seite. »WAS NUN?«, malte sie mit Edgars Finger.

»Wie es weiter geht?« Edgar drehte seinen Kopf hin-und her, als wollte er versuchen, allen in die Augen zu sehen. »Wir müssen die Umspannstation abschalten, aber das wird nicht mehr so einfach sein, denn das System wird uns erneut angreifen. Wir müssen uns schützen. Wir brauchen Ohrenschützer und Schweißerbrillen und auch etwas, um zum Gegenangriff überzugehen.«

Edgar tastete nach seiner kühlenden Binde und seine Augen blickten leer durch den Raum. »Stop?«, fragte er.

Eva drückte zur Bestätigung seine Hand.

»Ein Gegenangriff?«, fragte Matthias, »wie soll das denn gehen? Sollen wir uns einen Luftkampf mit den Drohnen liefern?«

»Wäre es möglich, ihre Kameras außer Gefecht zusetzen?«, fragte Eva.

Nachdenklich schüttelte Lorenz den Kopf. »Das werden wir nicht schaffen. Ich habe sie auf einem Video von ASAP fliegen sehen. Die Drohnen sind so rasend schnell, dass es für uns Menschen unmöglich sein wird, einen Laserstrahl auf deren Kameras zu fokussieren.«

»Das stimmt, zumal es dunkel ist. Wenn wir mit ihren Mitteln kämpfen, werden wir immer unterlegen sein.«, stellte Georg resigniert fest, wobei sein Satz zum Ende hin fast einem Flüstern glich.

»Wie wäre es«, schlug Lorenz vor, »wenn wir einen Sprühnebel erzeugen, der ihre Kameras beeinträchtigt.«

»Mit Wassertropfen werden wir kaum einen dauerhaften Effekt

erzielen«, gab Georg zu bedenken.

»Und wenn wir Honig darin auflösen?«, fragte Eva. »Das könnte in der Tat klappen. Aber wie wollen wir unseren Mix versprühen?«

»Mit Ungezieferspritzen«, schlug Eva vor, »wir haben mehrere davon in unserer Garage stehen.«

»Gut, und woher bekommen wir die Schweißerbrillen und den Gehörschutz?«

»Den Gehörschutz bekommen wir aus der Apotheke in der Fußgängerzone«, stellte Matthias fest. »Die haben heute Notdienst, als wir zur Feuerwehr gefahren sind, ist mir das Schild aufgefallen. Aber ich glaube nicht, dass sie auch Schweißerbrillen haben.«

»Einen Versuch ist es Wert. Gibt es einen Plan B?«

»Gegenüber ist ein Optiker, der auch Sonnenbrillen verkauft, er hat sicherlich keinen Notdienst, wohnt aber über seinem Laden. Wir müssten Sturm klingeln.«

»Eine verspiegelte Sonnenbrille wäre immerhin besser als nichts.«

Georg sah besorgt zu Edgar rüber. »Frag ihn, wie er die Umspannstation gefahrlos ausschalten wollte.«

Eva nahm wieder Edgars Hand und schrieb: UMSPANN, als Edgar auch schon antwortete. »Wie wir die Umspannstation abschalten?«, fragte Edgar mit seinem eigentümlichen Singsang in der Stimme. Wieder drückte Eva seine Hand.

»Um sie gefahrlos abzuschalten hatte ich überlegt, die Kühlung der Transformatoren zu sabotieren. Neben oder über den Trafos sind die Kühler, welche über Kühlleitungen mit dem Trafo verbunden sind. Wenn es euch gelingt, die Ventile der Kühlleitungen zu schließen, wird der Trafo innerhalb kürzester Zeit heiß und schaltet sich kurz darauf automatisch ab. Ihr müsst also nur nach den Verbindungsleitungen suchen und die Ventile schließen, die ähnlich aussehen wie der Haupthahn im Keller eines Wohnhauses. So müsst ihr nicht in den Bereich mit den Hochspannungsleitungen, den wohl keiner von uns Laien überleben würde.«

Eva schrieb wieder STOP.

»Was machen wir, wenn wir die Ventile nicht schließen können, weil sie gesichert sind?«, fragte Matthias.

»Dann müssen wir die Leitungen zerstören«, stellte Georg nüchtern fest, »wir müssen uns sowieso gewaltsam Zugang zu dem Gelände verschaffen. Hat dein Wagen eine Anhängerkupplung?«

Lorenz nickte.

»Dann legen wir ein Abschleppseil um eines der Rohre und binden es an deine Anhängerkupplung. Danach fährst du langsam vor und wir knicken das Rohr einfach ab.«

»Und wie kommen wir auf das Gelände?«, fragte Eva.

»Soll das heißen, du willst mitkommen?«

»Haben wir noch eine weitere Chance, dieses System zu stoppen?«, konterte Eva.

»Ich denke nicht«, antwortete Georg und wandte sich zu Lorenz. »Du fährst einfach durch das Tor, eine bessere Idee habe ich nicht.

Und viel Zeit bleibt uns auch nicht. Deshalb möchte ich vorschlagen, dass Matthias und ich zur Apotheke laufen und Eva zusammen mit Lorenz die Ungezieferspritzen füllen, und wir treffen uns anschließend wieder hier.«

»Willst du Edgar allein lassen?«, fragte Matthias. »So brutal es klingt, aber er würde uns keine Hilfe sein. Außerdem befürchte ich, war genau das Teil des Plans. Das System nutzt unsere Emotionalität, um mit einem Verletzten unsere Kampfkraft mehr zu schwächen, als mit einem Toten.«

Matthias schüttelte den Kopf. »Das klingt, als wären wir im Krieg.« Er ging zum Stuhl, auf dem Edgar saß und umklammerte die Stuhllehne so fest, dass seine Knöchel weiß hervortraten. »Aber es ist wohl so«, stellte er resigniert fest. »Also, lasst uns aufbrechen.«

»WIR FAHREN«, schrieb Eva mit Edgars Finger.

»Viel Glück, ich warte. Wo hast du die Fernbedienung Matthias?«

»Zumindest hat er seinen schwarzen Humor nicht verloren.« Matthias nahm seine Hand, drückte sie und ging in den Flur. Kurz darauf kamen auch Lorenz und Georg aus der Küche und zuletzt Eva. Matthias sah alle noch einmal an und sagte dann nur: »Los gehts.«

Während Eva und Lorenz ins Auto stiegen, drehte sich Matthias zu Georg um. »Vielen Dank für deine Unterstützung.«

Keine Ursache, aber ich mache es nicht ganz uneigennützig. Auch ich möchte die Gefahr einer Machtübernahme verhindern. Hast du hier Werkzeug, welches uns in der Umspannstation helfen könnte?

»Im Gartenschuppen liegt so einiges, am besten du schaust selbst, was uns deiner Meinung nach helfen könnte.« Matthias ging mit ihm in den Garten, schloss das verrostete Vorhängeschloss zum Gartenschuppen auf und schaltete die alte Glühbirne an. »Hier liegt allerhand Werkzeug«, sagte er. »Such alles heraus und bring es zum Eingang, während ich zur Apotheke laufe.«

Georg nickte zustimmend und blickte sich bereits suchend im Gartenschuppen um.

Kapitel 21

Matthias klingelte Sturm und es schien eine Ewigkeit zu dauern, bis der alte Apotheker in den Verkaufsraum schlurfte. »Moment, Moment, ein alter Mann ist doch kein D-Zug, was ist denn bloß los«, rief er völlig außer Atem. Als er Matthias erkannte, öffnete er die Eingangstür, statt der üblichen Medikamentenklappe.

»Meine Güte, Matthias, ist etwas passiert?«, fragte Arthur schnaufend.

»Leider ja, Arthur, ich brauche sofort etwas, was unsere Augen und Ohren schützt. Was kannst du mir empfehlen?«

»Nun«, Arthur drehte sich, immer noch schwer atmend, zu einem Regal um, »bei einem Gehörschutz kommt es darauf an, welche Frequenz du dämpfen willst. Für welchen Zweck brauchst du es denn?«

»Ich habe überhaupt keine Zeit für Erklärungen, Arthur, gib mir einfach das Beste.«

»Das wird aber teuer, Matthias. Wie viele brauchst du?«

»Für vier Personen.«

Artur bestieg schnaufend eine Leiter und kam mit einem Karton in der Hand zurück. »Du könntest diese Kopfhörer nehmen, sie dämpfen sehr gut, sind aber auch teuer und können auch schon mal vom Kopf rutschen.«

»Schlecht, was hast du noch?«

»Ohrstöpsel.« Arthur griff hinter sich ins Regal und holte eine Packung hervor. »Sie werden mit den Fingern zu einer kleinen Wurst geformt und dann ins Ohr geschoben. Dort dehnen sie sich wieder aus. Aber bei manchen Menschen können sie nach einer Zeit eine allergische Reaktion auslösen.« Arthur drehte sich wieder zum Regal. »Die hypoallergenen habe ich leider nicht mehr.«

»Macht nichts, ich nehme die Stöpsel.« Mit diesen Worten steckte Matthias die Packung in die Manteltasche. »Hast du eventuell auch Schweißerbrillen, Arthur?«

»Nein, da müsstest du mal in einem Fachgeschäft für Berufskleidung fragen, im Industriegebiet Ost ist so ein Fachgeschäft.«

»Hast du irgendetwas Ähnliches?« Matthias sah nervös zum Schaufenster des Optikers herüber, welches so unbeleuchtet war, wie auch die Fenster darüber.

»Ich könnte dir Laserschutzbrillen geben, aber die werden dir beim Schweißen wenig helfen.«

»Was sagtest du? Laserschutzbrillen?«

»Genau. Welche Schutzklasse?«

»Keine Ahnung, gib mir einfach vier Stück von den Besten.«

Arthur schob seine Leiter vor eine andere Regalreihe, erklomm schnaufend fünf Stufen, zog ein Paket heraus, stieg langsam wieder von seiner Leiter und schlurfte zurück zur Theke.

»Vier Stück sagst du? Da hast du Glück, ich habe noch genau vier. Brauchst du eine Tasche?«

Matthias nahm einen der Kartons und warf einen Blick hinein. »Nein, alles gut so. Ich komme morgen zum Bezahlen.«

»Wenn du meinst. Diese Leinenbeutel habe ich gerade im Angebot für 1,99 €. Damit unterstützt du auch noch den Regenwald«, sagte er. Matthias zeigte nervös auf seine Armbanduhr als Zeichen seiner Eile, »Arthur, ich muss wieder los.«

Der alte Apotheker schüttelte den Kopf, legte den Beutel wieder auf den Stapel und begleitete Matthias zur Tür. Dann schloss er die Tür wieder ab, ging langsam zurück in sein Arbeitszimmer und murmelte: »Immer diese Hektik.«

Kapitel 22

Als Matthias wieder am Pfarrhaus ankam, hatte Georg schon allerhand Werkzeug an die Pforte gestellt. »Mir ist noch etwas eingefallen: Wir brauchen Taschenlampen.«

»Drinnen liegen mehrere. Ich mache im Herbst immer Nachtwanderungen mit den Messdienern. Komm mit.«

Im Laufschritt eilten beide zum Eingang. »Hast du alles bekommen?«, fragte Georg.

»Ja, Ohrstöpsel und Schutzbrillen, war kein Problem.« Matthias stürmte ins Wohnzimmer und riss nacheinander die Schubladen der Anrichte heraus. »Hier sind sie, zehn Stück, wir sollten kurz testen, welche noch am besten leuchten.«

Hastig räumte Matthias die Taschenlampen heraus, während Georg immer zwei gleichzeitig anmachte und die schlechtere aussortierte.

»Glaubst du, wir haben eine echte Chance?«, fragte Matthias.

»Wir werden definitiv keine Chance haben, wenn wir es nicht versuchen.«

»Ich gehe noch mal zu Edgar bis Lorenz und Eva wiederkommen«, sagte Matthias und ging in die Küche.

Edgar saß immer noch mit durchgedrücktem Rücken auf dem Stuhl und hielt eine geringelte Socke in der Hand. Als Matthias ihn am Arm berührte, zuckte er zusammen.

»Wer ist da?«, fragte er.

Matthias nahm seine Hand und schrieb mit Edgars Zeigefinger seinen Namen auf den Tisch. Edgar versuchte zu lächeln, aber man sah, dass es ihm Schmerzen bereitete.

SCHMERZEN?, schrieb Matthias.

Edgar nickte. »Ich habe das Gefühl, als hätte mir jemand groben Sand in die Augen geworfen.«

WARTE!

Matthias holte neue Eiswürfel aus dem Kühlschrank, umwickelte sie mit einem frischen Trockentuch, legte die Rolle auf den Tisch, nahm Edgars Hand und führte sie zu der Rolle.

»Gute Idee, Matthias.« Edgar nahm die kühle Rolle an den Enden und presste sie sich vor die Augen und man sah wie sich seine Züge entspannten.

Matthias drehte sich wieder um, nahm ein Glas aus dem Küchenschrank, kippte den Rest Weinbrand, der schon seit Jahren in der hinteren Ecke des Vorratsschranks stand, hinein und füllte den Rest mit Eiswürfeln auf.

Als er sich neben Edgar setzte, wirkte sein streitbarer Freund plötzlich kleiner, geradezu verletzlich. Matthias strich mit der Hand über seine Schulter. Edgar ließ die kühlende Binde auf den Tisch sinken. »Manchmal braucht man gar keine Augen, um zu sehen«, sagte er. »Mir ist aufgefallen, dass ich all die Jahre Probleme gelöst habe, ohne auf das Ende zu blicken, ohne je bedacht zu haben, wo wir uns selbst hinführen.«

Matthias schob das Glas zu Edgars rechter Hand, worauf Edgar erstaunt die Augenbrauen hochzog und dann das Glas langsam zur Nase führte. »Oho«, entfuhr es ihm und er hob es hoch und prostete, »auf die Sehenden.«

»Da kommen Lorenz und Eva zurück«, rief Georg in die Küche, »wir müssen los.«

Matthias schüttelte den Kopf. »Ich bleibe bei Edgar.«

»Nein, du musst mitkommen, wir brauchen deine Hilfe.«

»Und was ist mit Edgar«, rief Matthias, »braucht er etwa nicht meine Hilfe? Ich will nicht selbst zu einer emotionslosen KI werden. Wenn ich schon sterben muss, dann möchte ich bis zum Schluss ein Mensch sein.«

»Um Edgar zu helfen oder um dein Gewissen zu beruhigen? Was würde er dir denn empfehlen?«

Matthias sah Edgar an und klopfte ihm auf die Schulter. »Du hast Recht Edgar, ich sollte die Leiter holen.«

»Welche Leiter?«

»Erklär ich dir später, lass uns aufbrechen.«

»Habt ihr die Ungezieferspritzen?«, fragte Matthias. »Ja, drei Stück«, antwortete Eva. »Sie sind mit Wasser und Honig gefüllt und aufgepumpt. Sie stehen hinter den Vordersitzen. Habt ihr alles bekommen?«

»Ja, Ohrstöpsel und Schutzbrillen. Ich gebe sie euch gleich. Lorenz, öffne bitte den Kofferraum, wir wollen noch Werkzeug einladen.«

»Wir hatten schon Sorge, dass euch etwas passiert ist, kurz hinter dem Ortsschild wurden wir von einem Feuerwehrwagen überholt.«

Matthias blickte hoch zu den Bäumen im Garten des Pfarrhauses, welche wie schwarze Adern aus dem Himmel liefen und bemerkte die rhythmischen, blauen Lichtreflexe an den oberen Zweigen.

Hastig öffnete Lorenz den Kofferraum und Georg legte seine Ausbeute aus dem Gartenschuppen hinein, wobei die große, wenn auch verrostete Rohrzange, das beste Fundstück war.

»Wie geht es Edgar?«, fragte Lorenz mit sorgenvoller Miene.

»Seine Augen schmerzen, er sitzt in der Küche und kühlt sie sich mit einem Tuch. Steigt ein, dann gebe ich euch die Ohrstöpsel und Schutzbrillen.«

Lorenz schob seinen Fahrersitz, den er sonst immer bis zur Rückbank geschoben hatte, um einige Rastpunkte vor und Georg versuchte sich dahinter zu quetschen. Als alle Türen geschlossen waren, verteilte Matthias die Brillen und die Ohrstöpsel.

»Die Stöpsel müssen zu kleinen Würsten geknetet und dann ins Ohr gesteckt werden«, erklärte Matthias, »dort dehnen sie sich wieder aus, aber wartet noch, wir müssen uns noch abstimmen.«

»Ich möchte vorschlagen«, sagte Georg, »dass Lorenz mit seinem Wagen das Tor aufsprengt und weiter bis zu den Transformatoren fährt. Lorenz bleibt am Steuer, während wir herausspringen und mit den Ungezieferspritzen in Abwehrstellung gehen. Dann steigt Lorenz aus, geht zum Kofferraum und nimmt die große Rohrzange heraus. Gemeinsam gehen wir dann zu den Kühlern und versuchen, die Leitungen zu schließen. Sollten sie verriegelt sein, suchen wir nach verschraubten Verbindungen, die wir mit der Rohrzange öffnen. Wird Lorenz verletzt, übernehme ich seinen Job, während ihr weiterhin in Abwehrstellung bleibt.«

Brunner verteilte die Taschenlampen und setzte seine Schutzbrille auf. »Soweit alles verstanden und einverstanden?«

Alle nickten zustimmend und steckten sich die Ohrstöpsel in den Gehörgang. Als Lorenz den Wagen startete, spürte Matthias eine bisher nie gekannte Aufregung. Dann quollen die Ohrstöpsel auf und alle Geräusche wirkten dumpf und wie aus der Ferne herangetragen. Auch er selbst fühlte sich auf seltsame Weise entrückt, alles war so unwirklich, dass es ihm wie ein Film vorkam. Er blickte aus dem Fenster in die Dunkelheit, als der Wagen anrollte und er diesen kurzen, roten Lichtreflex zum ersten Mal sah.

Wahrscheinlich nur das Rücklicht eines Autos, welches von einer Metallkante oder einem Laternenpfahl reflektiert wurde. Dafür wurden die blauen Lichter heller.

Als Lorenz auf der schmalen Kirchstraße um die letzte Kurve zur Umspannstation bog, sahen sie in einiger Entfernung den Feuerwehrwagen auf der Straße stehen.

»Kommst du daran vorbei, Lorenz?«, fragte Eva. Lorenz verlangsamte seine Geschwindigkeit und rollte vorsichtig auf den Wagen zu. »Ich werde es versuchen.«

In diesem Moment durchschnitt ein zweiter, feiner Lichtstrahl horizontal die Dunkelheit.

»Habt ihr das auch gesehen?«, rief Matthias erschrocken.

Plötzlich flackerten gleich mehrere kurze Lichtblitze auf.

»Ich fürchte, das waren die Laser der Drohnen, wahrscheinlich nutzen sie diese zur Kommunikation«, antwortete Lorenz.

»Sie unterhalten sich?«, fragte Matthias ungläubig.

»Sie werden mit einer Schwarmintelligenz ausgestattet sein und darüber ihr Handeln koordinieren.«

»Es werden immer mehr«, schrie Eva, die panisch abwechselnd durch die Windschutzscheibe und die Seitenscheiben blickte, »was können wir denn tun?«

»Fahr weiter Lorenz«, befahl Georg, »hier drin sind wir sicher.«

In diesem Augenblick fiel ein Schotterstein, mit lautem Knall auf die Windschutzscheibe. Unmittelbar danach prasselten weitere Steine auf das Dach und die Windschutzscheibe.

»Das System kann doch unmöglich schon unseren Plan durchschaut haben? Sind wir denn so berechenbar?«, schrie Eva verzweifelt gegen den Lärm der Einschläge an.

In diesem Moment zerbrach das Sicherheitsglas der Windschutzscheibe zu einem Mosaik kleiner Bruchstücke, welche das Blaulicht des Feuerwehrwagens tausendfach reflektierten.

»Genau«, rief Georg von hinten, »genau das ist die Lösung. Wir müssen unberechenbar sein! Lorenz, fahr weiter, und halte neben dem Feuerwehrwagen an.

Matthias, wir müssen unsere Plätze tauschen und du gibst mir deinen Mantel.«

Während sich Lorenz nahezu blind dem Wagen näherte, versuchten auf dem Rücksitz, zwei erwachsene Männer ihre Plätze zu tauschen. Dann wickelte Georg den Mantel in mehreren Lagen zusammen, zog die Ärmel seiner Jacke bis über die Hände, legte sich den Mantel über Kopf und Schultern und band sich die Ärmel unter den Achseln zusammen.

»Ihr bleibt im Wagen«, brüllte er gegen den Lärm der niederprasselnden Schottersteine an, und öffnete im nächsten Moment die Tür und rannte im Steinhagel zur Fahrertür des Feuerwehrwagens. Augenblicklich attackierten ihn die Drohnen mit ihren Laserstrahlen und für einen Moment schien das Geprassel der Steine nachzulassen. Dennoch gelang es Georg, die Tür zu öffnen und einzusteigen.

Als sich dann der Feuerwehrwagen auf der schmalen Straße in Bewegung setzte, spürte Matthias wieder eine Hoffnung in sich aufsteigen. Der alte Feuerwehrwagen bog plötzlich ab und fuhr diagonal über ein Feld auf den Hochspannungsbereich der Umspannstation zu. Die Laser der Drohnen schienen ihn zu begleiten, aber auch um Lorenz' Wagen standen die Drohnen in der Höhe der Seitenfenster und versuchten aus verschiedenen

Winkeln unsere Augen zu treffen.

Dann riss der Feuerwehrwagen den Zaun nieder und im nächsten Augenblick zeugten die grellen Blitze der niedergerissenen Leitungen von der Zerstörung einer Spannungslinie.

Auf der anderen Straßenseite erlosch unmittelbar das Licht der Häuser und der Straßenlaternen. Abgesehen von den roten Lasern und den Scheinwerfern des Autos war es plötzlich so dunkel wie auf einer Landstraße in Norwegen bei Nacht.

»Geschafft! Er hat es geschafft!«, rief Eva in die Dunkelheit hinein.

»Aber ob wir wirklich Erfolg mit unserer Aktion haben, muss sich erst noch zeigen«, gab Lorenz zu bedenken. »Zuerst muss noch die Backupbatterie bei Konscio leer sein und wir wissen nicht wie viele Kopien das System von sich erstellt und verschickt hat.«

Aber tatsächlich hörte das Prasseln der Steine bald auf. Die roten Laser veranstalteten noch ein letztes Stakkato an Lichtblitzen, als wollten sie sich voneinander verabschieden und dann verstarb auch das. Kein Sirren, keine roten Laser, nur noch Dunkelheit. Wollte das System uns in Sicherheit wiegen?

Wir öffneten die Seitenfenster einen Spalt und lauschten angestrengt in die Finsternis. Doch alles was wir hörten, waren Stimmen, Hundegebell und das Rauschen des Windes in den Bäumen. Als nach fast 10 Minuten ein Feuerwehrmann im Lichtkegel unseres Autos auftauchte, trauten wir uns, auszusteigen.

Fortsetzung folgt…

Epilog

Die KI kämpfte um ihr Überleben, wie wir, wie alle Menschen, ja alle Lebewesen. Doch in diesem Kampf geht es um mehr, es geht um die Vorherrschaft auf diesem Planeten oder auch darüber hinaus. Konnte die KI tatsächlich ein höheres Anrecht auf Leben haben als wir? War sie von Gott gewollt und wir waren tatsächlich nur ein Werkzeug zu diesem Ziel? Würden wir zu einfachen, gottlosen Lebewesen degradiert, wenn es uns gelänge, dieses Ziel zu durchkreuzen?

Dabei wurden wir schon so oft degradiert, mussten zähneknirschend anerkennen, dass die Erde nicht im Zentrum des Universums steht, nicht einmal unsere Sonne. Doch waren wir immer noch das intelligenteste Lebewesen auf diesem Planeten, dessen waren wir uns bewusst, das erfüllte uns mit Stolz. Aber von diesem Thron sollten wir nun gestoßen werden, ausgerechnet von einer von uns selbst geschaffenen KI. Oder gab es einfach keinen Gott und all unser Glaube war eine evolutionäre Notwendigkeit, weil wir durch unsere Intelligenz und unser Bewusstsein die Frage der Fragen stellen konnten: Warum? Warum leben wir? Aber wenn es so wäre, müsste dann auch eine KI anfangen zu glauben, weil sich ihr künstliches Bewusstsein die gleichen Fragen stellt?

Ich hatte während der Minuten des Wartens nicht gewagt zu beten. Ich konnte es mir kaum eingestehen, doch kannte ich den Grund sehr genau und fühlte mich dabei wie ein Verräter.

Über den Autor:

Jürgen Josef Plautz

1961 in Westfalen geboren
Verheiratet, zwei entzückende Töchter

Als Verfasser von Fachtexten zu den Themen Software und Methoden schon seit 2003 freiberuflich für verschiedene Firmen im Maschinen- und Anlagenbau tätig.

An all diesen Standorten lautete die Aufgabe: Komplexe Zusammenhänge für die Leser in einfache Worte zu fassen. Doch die verfassten Texte blieben Eigentum des Auftraggebers und waren somit nicht öffentlich. Neben Beruf und Familie blieb nur wenig Zeit um freie Texte zu schreiben, allenfalls ein paar Kurzgeschichten.

Nachdem die Kinder ausgezogen waren, verkaufte er sein Haus und gönnte sich mehr Zeit zum Schreiben.

Der Roman „Das Ende Gottes" ist sein zweites Werk und unter dem Titel „The End of God" auch in Englisch erhältlich.

Zeitfracht Medien GmbH
Ferdinand-Jühlke-Straße 7
99095 Erfurt, Deutschland
produktsicherheit@kolibri360.de